KB097648

Fate strange Fake

페이트/스트레인지 페이크

CONTENTS

아처

최강의 보구를 소유하였으며 압도적인 전투력을 자랑하는 서번트. 그 정체는 인류 최고(最古)의 왕령인 영웅왕 길가메시. 제4차, 제5차에 이어 이번에 벌어진 성배전쟁에도 현현했다.

버서커

복제품 나이프를 마술 매개체 삼아 소환되어 플랫과 계약한 서번트. 영국의 어느 대중적인 전설에서 유래되어 자신의 형태를 자유자재로 바꿀 수 있는 성질을 지녔다.

어새신

열여덟의 기적이 몸에 ㄱ
살자 집단인 교단에서도
상이 되었다. 성배 그 자
목적으로 성배전쟁에 뛰ㅇ

네 체르크

ㅣ드 원주민 부족 소녀. 고향 땅을 유린하
ㅣ술사들을 일소하기 위해 황금의 서번트,
ㅣ시와 계약을 맺고 성배전쟁에 임한다.

제스터 카르투레

스노필드 동부에 위치한 별장 지하에 공방을
둔 마술사로, 어새신을 소환한 마스터.

Fate strange Fake

페이트/스트레인지 페이크

나리타 료고

일러스트 / 모리이 시즈키
원작 / TYPE-MOON
옮긴이 / 정대식

학산문화사

Fate/strange Fake 1

©RYOHGO NARITA / TYPE-MOON 2015
Edited by ASCII MEDIA WORKS
First published in 2015 by KADOKAWA CORPORATION, Tokyo.
Korean translation rights arranged with KADOKAWA CORPORATION, Tokyo, through KCC.

이 책의 한국어판 저작권은
일본 KADOKAWA CORPORATION과의 독점계약으로 (주)학산문화사에 있습니다.
저작권법에 의해 한국 내에서 보호를 받는 저작물이므로 불법 복제와 스캔 등을 이용한
무단 전재 및 유포·공유 시 법적 제재를 받게 됨을 알려드립니다.

진실은 때때로 세상의 거짓을 짓뭉갠다.

하지만 '거짓이 그곳에 존재했다'는

'진실'을 지우지는 못한다.

비록, 성배의 힘을 빌린다 해도.

여장(餘章)
『배신자』

틈새.

황야의 어둠 속에 떠오른 그 도시는 분명 '틈새'라 해야 할 존재였다.

낮과 밤, 빛과 어둠과 같은 '격절경계隔絶境界' 같은 것이 아니었다. 같은 편에 가담한 존재에 의한 '조화경계調和境界'. 그것이 이 '스노필드'라 불리는 도시의 특징이었다.

마술과 마법만큼의 차이는 없으나 사람과 짐승보다는 이질적인, 존재를 가르는 분수계分水界.

말하자면 황혼과 새벽녘의 빛이 뒤섞인 애매한 경계. 구획되지 않고 뒤섞인 그림물감이 집약됨으로 인해 생겨난 검은 중심부라고도 표현할 수 있었다.

그것은 이를테면 도시와 마을의 경계요, 자연과 인간의 경계요, 인간과 도시의 경계요, 꿈과 수면의 사이에 존재하는 애매한 진창을 방불케 했다.

미국 대륙 서부.

라스베이거스보다 약간 북쪽에 존재하는 이 도시의 주변은 그렇듯 기묘한 균형에 의해 성립되어 있었다.

북쪽에는 그랜드캐니언을 연상케 하는 광대한 계곡. 서쪽에는 건조지대답지 않은 깊은 숲. 동쪽에는 호수와 늪지대가 펼쳐져 있고, 남쪽에는 건조한 사막지대가 펼쳐져 있다.

농지라는 것과는 전혀 인연이 없었지만 그러한 성질의 땅이 동서남북 주변을 감싸고 있는 가운데, 중앙에 자리한 이질적인 도시만이 주변과 어우러지지 못하고 겉돌고 있는 상태다.

자연과 인공물의 균형이 잡힌, 미래를 내다보고 지어진 신흥도시—눈을 반짝이며 그렇게 평하는 자도 있었지만 사실 이 도시에서는 오만에 오만을 덧입힌 듯한 사상이 언뜻언뜻 엿보였다.

주변에 펼쳐진, 본연의 형태를 간직한 자연물. 그 틈새—그 도시는 수많은 색들이 뒤섞인 그 중심점에서 자연의 조율자라도 되는 양 '흑색의 대좌臺座'가 되어 주변의 삼라만상森羅萬象 모든 것을 저울질하는 듯 보였다.

기록에 의하면 막 20세기에 들어섰을 무렵에는 원주민들의 주거지가 점재해 있을 뿐, 아무것도 없는 토지였다고 한다.

하지만 60년 정도 전부터 급격한 발전을 이루어 21세기를 넘긴 현재는 인구 80만 명을 떠안고 있는 도시로 변모를 이룬 상태였다.

"급격한 발전이라는 건 어느 땅에서나 있는 일이지만 말이다. 그런 흔한 도시를 조사대상으로 삼으라면 그 출자를 의심의 눈초리로 쳐다보게 되기 마련이지."

그렇게 중얼거린 것은 검푸른 로브를 두른 노령의 남자였다.

당장에라도 비가 쏟아질 것만 같은, 별 하나 없는 밤이었다.

도시 서쪽에 펼쳐진 삼림부 변두리—노인은 다소 드문드문해진 나무들 틈새로 쌍안경을 통해 렌즈 너머에 자리한 고층 빌딩군의 불빛을 바라보며 담담히 말을 이었다.

"그나저나… 요즘 쌍안경은 정말이지 편리하군. 버튼 하나로 자동적으로 초점을 맞춰 주니, 원. 사역마 하나를 보내는 것보다 간단해지다니, 정말이지 불쾌한 시대가 되었구나."

어쩐지 분한 듯 중얼거린 노인은 등 뒤에 서 있는 젊은 제자에게 말을 붙였다.

"그렇지 않으냐, 팔데우스."

그러자 팔데우스라 불린 청년은 노인으로부터 2미터 정도 떨어진 나무에 기댄 채 의문 섞인 목소리로 되물었다.

"그보다 정말로 그렇게나 신경을 곤두세워야 할 일인가요? 그… '성배전쟁'이라는 게."

─'성배전쟁'─.

신화시대, 혹은 동화 속에나 나올 법한 단어를 입에 담자마자 청년의 스승은 쌍안경에서 눈을 떼고서 어이가 없다는 듯한 눈초리로 입을 열었다.

"팔데우스, 진심으로 하는 말이냐?"

"아뇨…, 그게…."

제자가 겸연쩍은 듯 눈을 피하자 노인은 고개를 가로저으며 노기 섞인 한숨을 내뱉었다.

"확인하고 말 것도 없다고 생각했다만… 너는 '성배전쟁'에 대해 얼마나 이해하고 있지?"

"사전에 건네받은 자료는 대충 훑어봤습니다만….."

"그렇다면 알 텐데. 아무리 확률이 낮다 한들 '성배'라 이름 붙은 것이 현현할 가능성이 있다면―애들 소문이 되었건 삼류 잡지의 엉터리 기사가 되었건 우리는 달려들 수밖에 없다."

"그것은 수많은 마술사들의 비원이기도 하며, 통과점에 불과하기도 하니 말이다."

× ×

일찍이―투쟁이 있었다.

무대는 동양의 어느 나라.

그중에서도 한낱 지방도시에 불과한 곳에서 남몰래 벌어진 투쟁이다.

하지만 그 투쟁 속에 감춰진 압력은 무시무시해서 '성배'라 불리는 기적을 둘러싼, 하나의 전쟁이었다 하기에는 충분했으리라.

성배.

그것은 유일하고도 무한한 기적.

그것은 전설.

그것은 신이 존재했던 세상의 잔재.

그것은 도달점.

그것은 희망─하지만 그것을 바라는 것은 절망의 증표.

성배라는 단어 자체가 시간과 함께, 공간과 함께, 사람과 함께 그 모습을 바꾸어 가며 구전되는 존재였지만 이번 경우에는 소위 '성유물聖遺物'로서의 성배와는 다소 의미가 달랐다.

그 투쟁에서 성배라 불리는 기적은 '모든 소망을 이루어 주는 원망기願望機'로서 현현한다고 알려져 있다.

알려져 있다고 한 이유는, 그 성배를 두고 다투는 쟁탈전이 개시된 시점에는 '성배'라 불리는 원망기가 존재하지 않기 때문이다.

성배보다 먼저 현현되는 것은 일곱의 '영혼'.

이 별 위에서 태어나 숨 쉬었던 모든 역사, 전승, 저주, 허구─모든 매체 중에서 선택된 '영웅'의 영혼을 '서번트servant'라 불리는 존재로서 현대 세상에 현현시킨다.

그것이 '성배전쟁'의 근간이며 성배를 현현시키는 데 필요하다고 알려진 절대조건이기도 했다.

그렇게 인간과는 비교도 되지 않을 정도로 강력한 영혼들을 불러내, 서로 죽고 죽이게 한다.

각각의 영웅을 소환한 '마스터'라 불리는 마술사들이 오직 한 사람에게만 허락된, 성배를 얻을 권리를 둘러싸고 살육전을 벌인다. 그것이 바로 '성배전쟁'이라 불리는 투쟁이다.

살육전에서 패한 영혼을 성배라는 이름의 그릇에 부어, 그것이 가득 차면 비로소 원망기가 완성되는 시스템.

아마도 그 무대는 세상에서 가장 위험한 고독[*]의 항아리가 되었으리라.

본래 자신의 존재를 세상에 감추고 살아야만 하는 마술사들이 살그머니 어둠 속을 활보하며, 남모르게 전란의 불씨를 지핀다.

거기에 '성배'라 불리는 존재를 감시한다는 목적으로 '교회'에서 파견된 감독자까지 가세하면, 피비린내 나는 광채를 띤 고독의 항아리는 압도적인 열량의 영혼으로 인해 정화되는 것이다.

그리고 현재—.

동양의 섬나라에서 과거 다섯 차례 행해졌다고 하는 '성배전쟁'.

그 투쟁에서 나타났던 것과 같은 징조가 미국의 지방도시에서 솟아나고 있다.

그런 이야기가 마술사들 사이에서 화제가 되었다.

결과적으로 그들과 같은 마술사들을 통괄하는 '협회'는 비밀리에 조사를 행하게 되었고 이렇게 한 늙은 마술사와 그 제자

※고독(蠱毒) : 맹독을 가진 생물들을 한곳에 가둬 놓고 서로 죽이고 잡아먹게 하여 거기서 살아남은 것. 혹은 그것을 통해 저주를 하거나 독을 채취하는 등으로 사람을 해하기 위한 술법.

가 파견되게 된 것이다.

×   ×

"…흠, 거기까지 이해하고 있으면 충분하다. 하지만 팔데우스. 그렇게 잘 아는 네가 될 대로 되라는 듯 구는 것이 영 탐탁지 못하구나. 상황에 따라서는 '협회' 전체의 문제가 되어 그 지긋지긋한 '교회'도 출장을 나오게 될 게야. 좀 더 바짝 긴장하도록."

자신을 훈계하는 스승에게 팔데우스는 계속해서 회의적인 말을 입에 담았다.

"하지만 정말로 이 땅에서? 성배전쟁 시스템은 아인츠베른과 마키리, 그리고 토오사카가 제공한 땅에서 발생하는 것 아닌가요? 그걸 대체 누가 훔쳐 온 걸까요…? 그것도 60년도 전에."

"그래, 이것이 사실이라면… 최악의 경우, 이 도시 자체가 '성배전쟁'을 위해 만들어졌을 가능성도 있다."

"그럴 리가요!"

"가능성이 있다는 이야기다. '성배'를 추구했던 그 세 가문은 성배를 손에 넣기 위해 그야말로 무슨 짓이든 다 했다고 들었다. 애초에 누가 '성배전쟁'을 이 도시에서 재현하려 하고 있는지도 파악이 안 되었잖으냐? 그야말로 마키리나 아인츠베른

일가가 나온다 해도 놀랄 게 없다. …토오사카의 피를 이은 자는 지금 시계탑에 있는 자뿐이니 그럴 일은 없겠지만 말이야."

세 가문의 관여를 완전히 부정하지는 않은 채, 늙은 마술사는 다시금 쌍안경을 눈에 가져다 댔다.

벌써 오후 11시가 되려 하는데도 도시의 불빛은 거의 줄어들지 않은 채 흐릿한 밤하늘 아래서 황황히 빛나며 자신의 존재를 과시하고 있었다.

몇 분 정도 관찰을 계속하던 늙은 마술사가 다음 단계로 넘어가려는 듯 렌즈 너머로 영맥靈脈의 흐름을 보기 위한 술식을 준비하기 시작했다.

그 모습을 등 뒤에서 지켜보던 제자는 진지한 표정으로 스승의 등에 대고 물음을 던졌다.

"만약 정말로 '성배전쟁'이 일어난다면, 저희 '협회'나 '교회'의 신앙자들이나 가만히 있지 않겠군요?"

"그렇지…. 하지만 어디까지나 징후에 불과하니 말이다. 시계탑의 로드 엘멜로이가 지맥의 흐름에 이상이 있다고 했는데… 그의 제자라면 모를까, 그 자신의 추측은 영 조야해서 말이다. 이렇게 현지까지 나와서 확인을 해야만 하지."

늙은 마술사는 피로감이 역력한 미소를 지으며 자신의 바람을 말했다.

짜증과 비웃음이 뒤섞인 말투로 제자나 자신에 관한 이야기를 시시콜콜 늘어놓기 시작했다.

"뭐, 영령은 성배가 사전에 준비되어 있지 않으면 소환할 수 있는 게 아니다. 실제로 영령의 소환이 이루어진다면 그 시점에서 의혹은 확신으로 변할 테지만… 그렇게 되지 말았으면 좋겠군."

"어라, 뜻밖의 말씀을 하시는군요."

"개인적으로는 한낱 헛소문이었으면 한다. 설령 무언가가 현현된다 해도 그것이 가짜 성배였으면 하는 게 내 본심이다."

"좀 전에 했던 말씀과 모순되지 않나요? 성배는 마술사의 비원이자 통과점이라고 하셨는데…."

팔데우스가 눈살을 찌푸리며 묻자 스승은 넌더리가 난다는 듯 고개를 가로저었다.

"그래…, 그렇지. 하지만 설령 진짜 성배라 부르기에 걸맞은 것이 현현된다면, 정말이지 넌더리가 날 게다. 이런 역사가 깊지 않은 나라에 그것이 현현하는 날엔…. 솔직히 말하자면 대부분의 마술사들은 '근원에 도달할 수 있다면 상관없다'고 말할 테지만, 난 아니야. 예의라고는 모르는 애송이가 침대를 흙발로 짓밟은 듯한 기분이 들 게다."

"그런가요."

계속해서 담백한 말투로 대답하는 제자를 보며 늙은 마술사는 오늘 들어 몇 번째인지 모를 한숨을 내쉬며 화제를 바꿨다.

"그나저나 본래의 장소와는 다른 땅에서, 대체 어떤 서번트가 소환될는지…."

"전혀 예상이 안 되네요. 어새신은 둘째 치고, 나머지 다섯 종은 소환자의 역량에 달렸으니."

팔데우스의 대답을 들은 스승은 짜증스런 심기를 감추지도 않고 그를 질타하고 나섰다.

"이봐라, 어새신을 빼면 남는 건 여섯이다. 자기 입으로 일 곱 명의 서번트라고 말한 지 얼마나 됐다고 이러는 게야! 정신 좀 차리거라!"

성배전쟁에 소환되는 영령에는 각각 클래스가 주어진다.

세이버Saber.

아처Archer.

랜서Lancer.

라이더Rider.

캐스터Caster.

어새신Assassin.

버서커Berserker.

소환된 영령들은 저마다의 특성에 맞는 존재로 현현하여 더욱 특화된 능력을 지니게 된다. 검의 영웅이라면 세이버로, 창을 사용했던 영웅이라면 랜서가 되는 식으로.

살육전이 시작되면 서로의 진명眞名을 밝히는 것은 약점이나 능력을 밝히는 꼴이 되는지라 평소에는 그러한 클래스 명으로 **일**을 진행하게 된다. 또한, 각각의 클래스에 따라 투쟁에 사용하는 스킬에도 다소의 차이가 발생한다.

이를테면 캐스터의 '결계 작성 능력'이나 어새신의 '기척차단'이 그에 해당한다.

말하자면 저마다 다른 특성을 지닌 체스 말 같은 것이다.

주어지는 말은 하나뿐. 심지어 배틀 로열 형식이라는 변칙적인 체스다. 플레이어인 마스터의 역량에 따라 모든 말에게는 판을 제압할 기회가 주어진다.

스승은 그러한, 말하자면 성배전쟁의 상식 중의 상식이라 할 수 있는 부분을 틀리게 말한 제자의 불초함을 한탄하려 한 것이건만―.

정작 질타를 받은 남자 쪽은 무표정했다.

그는 스승의 말을 표표히 흘려들은 걸로는 모자른지 반성의 빛도 보이지 않고, 그저 담담히 말을 자아냈다.

"아뇨, 여섯입니다. 미스터 란갈."

"…뭐라?"

찰나, 차가운 위화감이 늙은 마술사 란갈의 등을 타고 퍼졌다.

팔데우스가 자신을 이름으로 부른 것은 이번이 처음이었다.

무슨 장난질이냐며 호통을 쳐야 할 판이었지만, 팔데우스의 싸늘한 시선이 그것을 제지했다.

입을 다문 스승과 달리, 남자는 담담히 무표정한 얼굴을 꿈틀거려 스승이 입에 담은 하나의 '잘못된 점'을 지적했다.

"분명 일본에서 행해졌던 성배전쟁의 클래스는 일곱이라는 것이 규칙이었습니다. 하지만 이 도시의 경우에는 여섯입니다. 투쟁에 있어 가장 큰 힘을 발휘한다는 '세이버'의 클래스 말입니다만… 이 거짓된 '성배전쟁'에는 존재하지 않죠."

"무슨… 소리냐?"

치직. 등뼈에서 소리가 났다.

몸 안에 둘러쳐진 마술회로가, 평범한 신경이, 모든 혈관이, 위화감을 아득히 넘어선 수준의 '경보음'을 란갈의 귀에 전해 주었다.

제자는—적어도 몇 분 전까지는 제자였던 남자는 이쪽을 향해 한 걸음을 내딛으며 감정을 죽인 목소리로 말을 자아냈다.

"마키리와 아인츠베른과 토오사카. 그들이 만들어 낸 시스템은 실로 근사합니다. 그렇기에 완벽하게 복제하지는 못했죠. 완전히 복제한 상태에서 시작하고 싶었지만 시스템을 모방하기 위해 참고했던 제3차 성배전쟁은 사고가 끊이질 않았더군요. 낭패도 이런 낭패가 없어요."

어딜 보아도 20대 중반으로밖에 보이지 않는 청년이 마치 보고 오기라도 한 듯 60년도 더 된 일에 관한 이야기를 늘어놓기 시작했다.

그리고 문득, 표정에 험악한 빛이 담기더니 입 끄트머리를 끈으로 잡아당긴 듯 일그러뜨리며 한없이 담담하게 자신의 감정을 토해 냈다.

"당신은 우리나라를 두고 '애송이'라고 하셨는데, 그렇게 생각하신다면 더더욱 똑똑히 기억해 두시죠, 영감님."

"…뭣이?"

"애송이 나라를, 너무 얕봐서는 안 된다는 걸."

치직 치직 치지 파지지 치지 파치치 파칫 치직.

란갈의 온몸 뼈와 근육이 비명을 질렀다. 경계심 때문일까, 아니면 분노에 의한 것일까.

"네놈…. 팔데우스가… 아닌 거냐?"

"팔데우스 맞는데요? 뭐, 그 이름 이외의 진실을 당신에게 보여 드린 적은 없지만요. 좌우간 당신 덕분에 오늘 이 순간까지 '협회'에 관해 많은 것을 알게 되었습니다. 우선은 그 점에 관해 감사인사라도 드려야 할까요."

"……."

마술사로서 오래도록 경험을 쌓아 온 란갈은 눈앞에 있는 남자에 대한 인식을 순식간에 '제자'에서 '적'으로 전환시켰다.

그럭저럭 오랜 시간을 함께해 온 남자를, 태도에 따라서는 다음 순간에 죽이기 위해 전환시켰건만―그래도 란갈의 온몸에서는 경보음이 계속 울려 대고 있었다.

마술사로서의 실력은 이미 확인했을 터였다.

힘을 감추고 있는 낌새도 없었다. 그것은 자신이 협회의 첩자로 지내 온 경험을 통해 확신할 수 있었다.

하지만 그 모든 경험이, 현재 자신이 놓여 있는 상황이 위험하다고 경종을 울리고 있는 것도 분명한 사실이었다.

"요컨대, 외부 조직이 협회에 보낸 스파이였다 이건가. 내 앞에서 마술사를 지향하겠노라고 말한 그 순간부터."

"외부 조직이라."

팔데우스는 끈적끈적한 목소리로 상대의 오해를 정정하려 했다.

"협회도 교회도, 협회에 속하지 않은 이단 마술집단이 이 성배전쟁을 준비했다고 생각하는 모양인데…. 정말이지, 왜 이렇게… 아니, 됐습니다."

더는 할 말이 없다는 듯 팔데우스는 앞으로 한 걸음을 내딛었다.

살기와 적의는 딱히 느껴지지 않았지만 이쪽에게 뭔가를 하려 한다는 것은 분명했다. 란갈은 이를 갈며 몸의 중심을 매끄럽게 이동시켜 상대의 행동에 대응하기 위한 포석을 완성시켰다.

"…얕보지 마라, 애송이."

동시에 자신이 먼저 선수를 치기 위한 방책을 뇌 속에서 전개시키며 마술사로서의 투쟁에 나서려 했지만—그 시점에서 그는 이미 패배한 것이나 다름없었다.

마술사로서의 수읽기에 들어선 시점에서 란갈은 이미 눈앞에 있는 남자에게 패한 상태였다—.

"얕본 적 없습니다."

싸늘하게 중얼거린 청년은 처음부터 마술전魔術戰을 벌일 생각 따윈 없었기에.

"그러니 온 힘을 다해 상대해 드리겠습니다."

팔데우스는 중얼거림과 동시에 어느 순간부터 손에 들고 있던 라이터에 불을 켰다. 텅 비어 있었을 터인 손에는 한 개비의 엽궐련이 쥐어져 있었다.

물체초치物體招致―아포트처럼도 보였지만 마력이 흐른 낌새는 보이지 않았다.

란갈이 의아한 표정을 짓자 남자는 빙긋―지금까지와는 다른, 진심 어린 미소를 지으며 그 엽궐련을 입에 물었다.

"후후, 속임수입니다. 마술이 아니라."

"⋯⋯?"

"아아, 참참. 저희는 딱히 마술사 집단이 아니니 그런 줄 아시길."

남자는 긴장감이라고는 눈곱만치도 느껴지지 않는 투로 중얼거리며 엽궐련에 불을 붙였다.

"저희는 합중국에 소속된 조직입니다. 그중에 우연히 마술사도 있었던 것뿐이죠."

남자의 말에 란갈은 얼마간 침묵하고 나서 입을 열었다.

"―과연. 그래, 그 싸구려 엽궐련이 네놈이 말한 온 힘을 다하겠다는 말과 무슨 상관이 있지?"

마술을 구성할 시간도 벌 겸 그렇게 말하려던 순간―.

늙은 마술사의 머리 옆을 작은 충격이 꿰뚫어, 모든 것이 순식간에 결판났다.

푸억, 하는 묵직하고도 차진 파열음.

노인의 두개골을 간단히 꿰뚫은 납탄은 감속과 동시에 사방으로 튀어 뇌라는 이름의 바다를 온통 불태우며 마구잡이로 헤엄쳐 다녔다.

관통하지 않은 그 탄환은 뇌 속에서 이리저리 도탄되기를 반복하며 순식간에 노인의 몸을 활동정지 상태로 만들었다.

그리고―이미 절명했다는 것을 한눈에 알 수 있는 상태임에도 쐐기를 박는 듯한 모양새로 수십 발의 탄환이 그의 몸에 꽂혔다.

방향과 발사 간격 등으로 미루어, 한 곳이 아니라 십여 곳 이상에서 저격을 한 듯 보였다.

명백한 오버 킬. 집요한 파괴.

늙은 몸은 랩에 맞춰 춤을 추는 꼭두각시 인형처럼 힘없는 사지를 흐느적거렸다.

"우스꽝스러운 춤을 보여 줘서 고마워요."

붉은 피보라를 배경으로 휘청휘청 춤을 추는 란갈. 그 생생한 주검 앞에서 팔데우스는 천천히 손뼉을 치며 칭찬의 말을 자아냈다.

"30년은 젊어 보이네요, 미스터 란갈."

몇 분 뒤―.

팔데우스는 피웅덩이 속에 쓰러진 스승 앞에서 한 걸음도 움직이지 않았다.

하지만 주변 숲에는 조금 전과는 전혀 다른 분위기가 퍼져 있었다.

위장복을 걸친 남자들이 팔데우스의 등 뒤에 위치한 숲속에 수십 명 단위로 산개해 있었다.

그 '부대'는 하나같이 검은 복면을 쓰고 있었으며 그들의 손에는 저마다 투박하고도 정밀한 디자인의 검은 덩어리―소음기消音器가 달린 어설트 라이플이 쥐어져 있었다.

표정은커녕 인종조차 판별할 수 없는 상태인 남자들 중 한 사람이 팔데우스에게로 다가와 자세를 바로 하고서 경례를 하며 입을 열었다.

"보고 드립니다. 주변 상황 이상 없습니다."

"수고했어요."

팔데우스는 부하의 태도와는 대조적인, 부드러운 말로 답했다.

그는 천천히 늙은 마술사의 시체에 다가가, 옅은 미소를 지은 채 내려다보았다.

그러고는 뒤에 있는 부하들에게 등을 돌린 채 말했다.

"어디 보자…. 자네들은 마술사라는 것을 잘 모를 테니 설명을 좀 해 두도록 하죠."

어느샌가 그의 주변에 산개해 있던 군복 차림의 남자들이 정렬한 채 한마디도 하지 않고 팔데우스의 말에 귀를 기울이고 있었다.

"마술사는, 마법사가 아닙니다. 그런 동화나 신화 같은 걸 상상할 필요는 없고… 그래요, 그냥 일본산 애니메이션이나 할리우드 영화를 상상해 주시면 됩니다."

청년은 스승이었던 고깃덩이 앞에 주저앉아 그 일부를 맨손으로 집어 올렸다.

꺼림칙한 광경이기는 했지만 비난하는 자는커녕 눈살을 찌푸리는 자조차 존재하지 않았다.

"죽이면 죽고 물리공격도 대부분은 먹힙니다. 개중에는 꿈틀대는 수은으로 된 예장으로 수천 발의 탄알을 막아 내는 실력자나 몸에 사는 벌레로 의식을 옮겨 살아남는 마인魔人도 있습니다만―뭐, 전자는 대전차 라이플까진 못 막을 테고, 후자도 미사일이 직격하면 거의 확실히 죽습니다."

남자의 말을 농담으로 받았는지 무표정했던 위장복 차림의 남자들 사이에서 실소가 퍼져 나갔다.

하지만―다음 말이 이어지자 그 웃음소리는 뚝 그쳤다.

"예외는… 이 사람처럼 애초에 이 자리에 없었던 경우죠."

"…무슨 뜻입니까, 팔데우스 님."

부하 중 한 명이 딱딱한 말투로 묻자 팔데우스는 미소 지은 채 시체의 일부를 내던졌다.

표정 하나 변하지 않고 그것을 받아 든 부하는 손가락의 일부로 보이는 살점을 보고는 소리를 질렀다.

"…뭣?!"

라이트에 비친 살점의 단면은 분명 붉었고 하얀 뼈도 또렷하게 노출되어 있었다.

하지만 결정적인 차이가 있었다.

살과 뼈 틈새에 광섬유 같은 투명한 섬유가 몇 가닥이나 노출되어 있어, 그것이 현시점에도 실벌레처럼 기분 나쁘게 꿈틀대고 있었던 것이다.

"의체義體라고 해야 하려나… 뭐어, 인형입니다. 미스터 란갈은 신중한 첩자니까요. 이런 곳에 본체로 올 얼간이가 아닙니다. 지금쯤 본체는 어딘가에 있을 협회의 지부, 혹은 자신의 공방에서 허둥대고 있겠죠."

"인형…? 설마!"

"이야아, 대단한 기술이긴 하지만 위화감을 완전히 지우진 못했네요. 노인의 모습은 부자연스러운 점을 감추기에 제격이었겠죠. 아 참, 그보다 실력이 좋은 마술사 여성이 만든 인형은 본체와 무엇 하나 다르지 않아서… DNA 감정도 통과한다

33

더군요."

팔데우스는 남 일이라는 듯 말했지만 부하는 의아하다는 눈치로 눈살을 찌푸리며 상관인 남자에게 의견을 늘어놓았다.

"그러면, 아까 전의 대화도 다 새어 나갔다는 뜻 아닙니까."

"상관없습니다. 예정되었던 일이니까요."

"네…?"

"일부러 비합리적인 '저승길 선물'을 말해 준 건, 그걸 '협회'에 알리는 것이 목적이었기 때문이거든요."

팔데우스는 가짜 고깃덩이와 가짜 피웅덩이 위에서 시선을 떼어, 안개비가 내리기 시작한 어두컴컴한 하늘을 올려다보며 만족스러운 투로 중얼거렸다.

"이건 제 나름의… 마술사들에 대한 경고와 선전이니까요."

그리고 이날, 이 순간을 기해―.

거짓된 성배가 자리한 단상에서 춤추는, 인간과 영령들의 향연이 막을 올렸다.

프롤로그 I
『아처』

그 남자는 결국은 철저한 마술사였다―.

하지만 철저하게 정체되어 있었다.

거짓된 성배전쟁.

이 의식이 동양의 섬나라에서 행해졌던 것의 모조품이라는 사실을 알면서도 그는 코웃음을 쳤다.

―시답잖군.

―흉내건 뭐가 되었건 결과만 같으면 아무런 문제도 없어.

고결한 마술사라면 타인이 만들어 낸 시스템에는 의존하지 않고 성배전쟁을 구축시킨 세 가문처럼 스스로 그것을 만들어 내려 했을 테지만 그의 경우에는 간단하게 타인이 준비한 것을 따라 하는 길을 택했다. 그것은 그것대로 합리적인 생각이라고도 할 수 있었지만.

그는 철저히 '모조품'으로서 치러질 성배전쟁에 한없이 진지했으며 그 누구보다도 의욕이 충만했다 할 수 있으리라.

요컨대 그는 처음부터 각오를 굳히고서 이 도시에 나타났다.

처음 소문을 들었을 때는 한낱 풍문에 불과하다며 비웃었지만 란갈이 전해 온 보고는 협회를 뒤흔들었고, 그 진동은 숱한 마술사들을 통해 그의 귀에도 들어왔다.

그는 그럭저럭 유명한 마술사의 가계이기는 했지만 그 힘은 완만한 하강곡선을 그리고 있었으며 현재 당주를 맡고 있는 몸으로서 적잖은 압박감을 느끼고 있었다.

나름대로의 이론도 지성도 기술도 가지고 있었던 그는, 그저 마술사의 가계로서 쌓아 올려온 순수한 '힘'만이 부족한 상황으로, 그것이 그를 한층 더 초조하게 만들었다.

일반적으로 보자면 힘과 기술을 연구하여 보다 소양이 있는 자손에게 마술각인을 통째로 계승시켜야 옳았다.

하지만 그는 초조했다.

자신의 아이 역시 자신보다 마술사로서의 소양이 떨어진다는 사실을 확인하고 말았기 때문이다.

서서히 마술사로서의 소질이 옅어져, 결국은 마술의 세계와 연을 끊게 된 가계도 수없이 존재했다.

─웃기지 말라고 해.

─절대로 마키리처럼 되지는 않겠어.

협회에도 일반적인 기업과 조직처럼 수많은 제약이 존재했다.

자손을 번영시키기 위한 수단을 얻으려면 우선 강한 마술사의 혈통이어야만 한다.

그러한 모순에 사로잡힌 그는 마술사인 동시에 미숙한 남자이기도 했다.

그는 거짓일지도 모르는 성배전쟁에 모든 것을 걸 요량으로 이 스노필드라는 도시에, 성배전쟁이라는 테이블에 가지고 있는 모든 칩을 걸었다.

재산도 과거도, 미래까지도.

―괜찮아, 잘될 거야.

자신의 각오를 증명하기 위해 앞날이 깜깜한 아들은 이미 솎아 내고 왔다.

그를 말리던 아내도 처분했다.

번영을 가져다주지 않는 여자에게 미련은 없었다.

하지만 아내가 마술사로서의 긍지를 이해해 주지 않는 데는 매우 큰 충격을 받았다.

그런 여자에게서 태어난 탓에 소질이 없는 아들이 태어난 것이리라.

하지만 그 여자가 현재 자신의 '랭크'에서 손에 넣을 수 있는 상한선이었다.

자신의 지위를 더욱 높이려면 이 전쟁에서 살아남는 수밖에 없다.

설령 성배가 가짜였다 해도 '성배전쟁'이라 이름이 붙은 것에서 살아남으면 그것만으로도 마술사로서의 지위는 올라가게 되어 있다. 전쟁 중에 '근원'을 향한 길에 이르기 위한 단서를 얻을 수도 있으리라.

어쩌면 아인츠베른이나 마키리가 쌓아 올린 업業에 대해 알 수 있을지도 모른다.

어떠한 결과가 나오건 성배전쟁은 자신의 마술사로서의 랭크를 올려 주게끔 되어 있다.

이 얼마나 유리한 도박이란 말인가.

최소한 걸은 것 이상의 것을 되찾을 수 있는 셈이니.

그런 식으로 이런저런 이익을 머릿속에 그리면서도―그는 자신이 패배해 완전히 혈통이 끊길 가능성에 대해서는 생각도 하지 않았다.

하지만 생각하지 않은 데는 그만한 이유가 있었다.

그에게는 승산이 있었다.

적어도 자신의 아들을 처분할 만한 승산이.

―그나저나… 이게 영주슈呪인가. 소문으로 들었던 것과는 문양이 조금 다르군.

남자는 그렇게 생각하며 자신의 오른손을 보고는, 그야말로 막 태어난 자신의 자식을 보듯 사랑스러워 못 견디겠다는 듯한 미소를 안면에 뒤집어썼다.

다물어진 사슬을 연상케 하는 그 문신은 성배전쟁의 마스터로 선택되었다는 증거 같은 것이라 한다.

―어쨌든 이게 깃들었다는 건….

―인정받은 거다! 바로 내가! 마스터로!

―다름 아닌 그 영령의 주인으로!

중얼거리며, 조용히 옆에 놓인 꾸러미를 바라본 채―,

그는 다시 한 번 웃었다.

웃고. 웃고. 또 웃었다.

스노필드 북부에 펼쳐진 대계곡.

그 동굴은 붉은 암벽이 이어진 계곡에서 그리 멀지 않은 곳에 자리한 산악부에 존재했다.

본래는 천연 동굴이었지만 지금은 사람들의 접근을 막는 결계를 비롯해 마술사가 만들어 낸 '공방'으로 기능하고 있는 상태였다.

마술사는 램프 불빛을 받으며 조용히 꾸러미를 들어 올려, 그 안에 든 물건을 매우 신중하게 꺼냈다.

그것은— 열쇠였다.

하지만 평범한 열쇠라 표현하기에는 다소 꺼림칙한 물건이었다.

그것은 너무도 장식이 과하게 된 데다 어지간한 서바이벌 나이프만큼의 길이와 무게를 갖춘 일품이었다.

열쇠를 장식한 보석 하나만 해도 마술적으로나 금전적으로나 막대한 가치를 지니고 있을 것으로 보였다.

—과거의 성배전쟁에서는 '그것'을 뱀의 화석으로 불러냈다고 들었다만….

—이 유물이라면 보다 확실하게 '그것'을 불러낼 수 있겠지.

일찍이—그의 가계에 아직 힘이 있었을 무렵, 역시 지금의 자신과 마찬가지로 모든 것을 걸고서 그 열쇠를 손에 넣어, 어떠한 것을 추구한 과거가 있었다고 한다.

이 세상의 모든 것이 들어 있다는 황금향의 보물고. 이 열쇠는 그 아련한 전승 깊은 곳에 있는 문을 여는 데 쓰였던 것이 분명했다.

부에 관심이 있는 것은 아니다. 하지만 그 보물 안에는 온갖 마술적인 보구寶具가 감춰져 있으리라.

결국 선조가 증명한 것은 열쇠가 진짜라는 점 하나뿐으로, 결과적으로 창고를 찾아내지는 못했다. 열쇠 자체에도 해명되지 않은 마력이 있는 듯했지만 현시점에서는 전혀 상관이 없는 일이었다.

자신이 바라는 영령의 유물. 그것은 틀림없이 소환에 있어 최고의 촉매가 되어, 보다 확실하게 자신이 바라는 서번트를 손에 넣게 해 줄 것이다.

—때가 됐다.

—시작해 볼까.

그는 조용히 자리에서 일어나—그 즉시 미소를 지우고서 감정도 타산도 몽땅 잊고, 자신이 임하기로 한 의식에 모든 사고를 집약시켰다.

감각이 한 점에 통합되고 날카로워져, 필요 없는 계층의 모든 감각들이 차단되었다.

신경도 혈관도 아닌, 온몸에 둘러쳐진 눈에 보이지 않는 회로.

그 안에서 역시나 눈에 보이지 않는 뜨거운 물이 퍼져 나가는 것을 느끼며―.

남자는 자신에 대한 축문이자 만상萬象의 천칭에 대한 저주이
기도 한 소환의 문언을 토해 냈다.

몇 분 뒤.

그의 인생과 이 투쟁에 걸었던 건 수많은 대가.

그리고 그가 끊임없이 집착했던 마술사로서의 혈통.

그 모든 것이 순식간에. 찰나처럼 빠른 속도로 움직여.

불과 몇 초 만에 그의 존재는 싱겁게 종언을 맞이하게 되었
다.

×   ×

"됐다…. 하하, 하하하하하! 됐어!"

눈앞에 나타난 '그것'을 본 마술사는 저도 모르게 말을 흘렸
다.

상대의 진명을 확인할 필요도 없었다.

자신이 무엇을 부를지는 처음부터 알고 있었기 때문이다.

희열로 가득한 웃음소리만이 목구멍 속에서 밀려나와, 수초
에 불과하지만 소환한 영령을 방치하고 말았다.

영령의 얼굴에는 불쾌한 빛이 역력했지만 영령으로서 소환
된 자신의 의무를 행사했다.

뭐, 소환된 영령이 그것을 '의무'로 받아들이고 있을지는 의문이었지만.

"…답하라. 네놈이 불손하게도 왕의 광휘에 매달리려 하는 마술사냐?"

황금빛 머리에 황금빛 갑옷.

호사스럽기 그지없는 겉모습을 한 서번트는 이쪽을 내려다보는 모양새로 물음을 던졌다.

눈앞에 있는 절대적인 '힘'을 실감하면서도 물음의 내용에 저도 모르게 기분이 상해, 다소 짜증이 솟구쳤다.

―서번트 주제에 어딜 건방지게!

마술사로서의 자존심이 위압감보다 앞섰지만, 자신의 오른손에서 빛나는 영주가 욱신대는 바람에 아슬아슬하게 냉정함을 되찾았다.

―…뭐, 이 영웅의 성질을 미루어 보자면 그럴 만도 한가.

그렇다면 미리 똑똑히 타일러 둬야만 하리라.

이 싸움에서는 어디까지나 자신이 주인이며 서번트로서 현현한 영령 따위는 한낱 도구에 불과하다는 사실을.

―그래, 그렇고말고. 이 몸이 네놈의 주인이다.

영주를 내보이며 대답하기 위해 오른손을 앞으로 내밀려 하다가―.

그 오른손이 사라져 있다는 사실을 알아챘다.

"…에? 어?"

뭐라 형용해야 좋을지 모르겠는지 얼빠진 목소리만이 동굴 내에 울려 퍼졌다.

피는 한 방울도 나지 않았지만 분명 조금 전까지만 해도 있던 오른손이 없었다.

허둥지둥 자신의 손목을 얼굴 앞으로 들어 올려 보니 탄내가 콧구멍을 찔렀다.

손목의 단면에서 연기가 가늘게 오르고 있는 것으로 보아 달궈져 끊어진 것이 분명했다.

그 사실을 인식한 순간, 척수와 뇌에 고통의 물결이 전파되어ㅡ.

"흐어어…. 흐가아아아악아아아악아아아! 아아아악아아아악아 아아아아!"

비명ㅡ비명ㅡ압도적인 비명.

금빛 영령은 마치 거대한 벌레 울음소리 같은 절규를 내지르는 마술사를 향해 시시하다는 투로 말했다.

"뭐냐, 네놈은 광대냐? 그렇다면 좀 더 아름다운 비명소리로 나를 즐겁게 해라."

서번트는 눈썹 하나 꿈쩍 않고 계속해서 교만하게 행동했다. 아무래도 오른손을 소실시킨 것은 영령이 아닌 모양이었다.

"히아, 히아, 히아악아악아아!"

이해의 범주를 넘어선 일에 마술사는 완전히 이성이 무너질 뻔했지만—마술사로서의 지성이 그것을 허락지 않고 강제적으로 정신을 진정시켜, 그 자리에서 태세를 정비했다.

—결계 안에… 누군가가 있다!

—다름 아닌 내가, 이런 실수를 하다니!

본래는 공방이 된 이 동굴에 누군가가 들어온 시점에 기척을 감지할 수 있었어야 했다. 하지만 서번트를 소환하는 결정적인 빈틈을 노리기도 했거니와 동굴 안에 가득한 영령의 마력에 정신이 팔려 알아채지 못한 것이다.

결계와 함께 나름의 함정도 쳐 뒀건만. 그것이 발동한 낌새는 없었고, 만약 침입자가 그것들을 해제하며 들어왔다면 만만치 않은 상대일 것이다.

남은 왼손으로 마술구성을 하며 기척이 나는 방향—동굴 밖으로 난 길을 향해 외쳤다.

"누구냐! 어떻게 내 결계를 뚫고 들어왔지?!"

그러자—다음 순간, 동굴의 어둠 속에서 목소리가 들려왔다.

하지만 그것은 마술사가 아닌 금빛 서번트를 향한 말이었다.

"황공하오나… 위대하신 왕 앞에 이 몸을 드러내는 무례를 허락해 주셨으면 합니다."

그 말을 들은 서번트는 흠, 하고 잠시 생각하더니 역시나 오만한 태도로 답했다.

"좋다. 내 모습을 알현할 영광을 허하마."

"…황송하나이다."

그 목소리는 맑디맑은 무구함과 모든 것을 거절하는 듯한 무 감정함을 겸비하고 있었다.

이어서 바위 뒤에서 모습을 드러낸 것은—안 그래도 어린 인상을 풍기는 목소리를 통해 상상했던 것보다 몇 살은 더 어 린—열두 살 전후의 갈색 피부에 매끄러운 검은머리를 지닌 소녀였다.

규중처녀라는 표현이 어울리는, 미천한 구석이라고는 찾아 볼 수 없는 아름다운 예장. 단정한 얼굴이 의상 덕에 더욱 돋 보였지만 표정에서는 그에 걸맞은 화사함 같은 것이 전혀 느껴 지지 않았다.

그녀는 그저 조용히, 황공하다는 듯이 공방 안으로 한 걸음 을 내딛어 제단 위에 있는 영령을 향해 공손히 예를 올린 뒤, 옷자락에 흙이 묻는 것도 아랑곳 않고 무릎을 꿇었다.

"뭣…."

완전히 무시당한 모양새가 된 마술사는 눈앞에 있는 소녀의 힘이 가늠되지 않아 화를 내지도 못하고 분노를 목구멍 속으로 밀어 넣었다.

영령은 공손한 소녀의 태도가 당연하다는 듯 시선만 돌려 쳐 다보며 당당하게 말했다.

"내 앞에 잡종의 피를 튀게 하지 않은 점은 칭찬하마. 허나 먹지도 못할 고기 냄새를 내 앞에 감돌게 한 이유에 관해 항변할 것이 있다면 말해 보거라."

소녀는 아주 잠시 마술사를 흘끔 쳐다보더니 무릎을 꿇은 채 영령에게 말했다.

"황공하오나 왕께서 심판하실 것도 없을 것으로 보여… 창고의 열쇠를 훔친 도둑에게 벌을 내렸습니다."

소녀는 그렇게 말하며—하나의 고깃덩어리를 눈앞에 끄집어냈다.

그것은 분명 조금 전까지 마술사의 몸 일부였던 것으로, 영주를 통해 영령과 마술사를 마력의 끈으로 이어 주는 접합부—요컨대 마술사의 오른팔이었다.

금빛 영웅은 소녀의 말에 흠, 하고 자신의 발치를 보더니 대좌에 놓인 열쇠 하나를 집어—관심 없다는 듯 내팽개쳤다.

"이 열쇠 말이냐, 시답잖군. 내 재보에 손을 댄 괘씸한 녀석 따윈 내 정원에는 존재하지 않아서 말이다. 만들게 한 것까지는 좋았으나 쓸 필요가 없어 버린 것에 불과하다."

"…큭!"

오른쪽 손목에서 느껴지는 통증을 차단하기 위해 주문을 외던 마술사는 그 행동에 충격을 받았다.

그의 선조가 모든 것을 걸고 추구했던 '창고'의 열쇠.

마술사의 가계로서 유일하다 할 수 있는 긍지였던 그 위업을 쓰레기처럼 내던지다니. 그것도 노예나 도구로서 다뤄져야 마땅한 서번트라는 존재가.

분개한 나머지 주문을 채 외기도 전에 오른손의 통증이 무뎌졌다.

하지만—갈색 피부의 소녀는 그런 그에게 쐐기를 박듯 고개만 마술사에게 돌려 위압감과 연민이 담긴 목소리로 말했다.

"그것이 왕의 의향이시라면, 당신과 이 이상 목숨을 두고 다툴 생각은 없습니다. 모쪼록 물러나 주십시오."

"뭣…."

"그렇게 하시면 목숨까지는 빼앗지 않겠습니다."

"―――――, ―――――――."

찰나, 마술사의 의식이 간단히 지배되었다.

자신의 내부에서 끓어오른 분하고 원통한 마음이 마술회로를 지배하여 소리도 못 지른 채 왼손에 모인 모든 마력을 폭주시켰다.

모든 저주와 열과 충격이 담긴 검은 빛구슬이 세차게 소녀의 얼굴을 집어삼키기 위해 공간을 찢어발기며—달린다, 질주한다, 분치奔馳한다.

마력의 격류는 숨 한 번 내쉴 여유도 주지 않고 소녀를 쓸어버릴 것만 같았다.

하지만 그렇게 되지 않았다.

"【   】"

　무음의 영창.

　소녀는 입을 벌리기는 했으나 소리도 없이 자신의 안에서 마술을 구성해 냈다.

　순식간에 막대한 마력이 소녀와 마술사 사이에서 솟구쳤다.

　마치 극한까지 저주를 압축한 탓에 무음에 도달한 듯한, 압도적인 영창이었다.

　최후의 순간―마술사는 보았다.

　소녀 앞에 나타난, 자신의 키보다 배는 클 법한 거대한 불꽃의 아가리가 자신이 방출한 마력을 싱겁게 집어삼키는 것을―.

　―아냐.

　마지막으로 떠오른 말이었다.

　과연 무엇을 두고 '아니다'라고 한 것인지, 그것을 생각할 여유조차 주어지지 않았다.

　―아니…. 아, 아니… 이럴.

　자신이 죽어도 가계는 이어질 것이다. 마술사인 그는 하다못해 그렇게 생각하려 했지만… 그 가계의 후계자를, 불과 며칠 전에 자신의 손으로 처분했던 일이 떠올랐다.

　―아냐! 아니야! 여기서… 죽을… 내가…? 아냐, 아니….

―아니야아니야아――――――.

――――――――――――.

그리고 마술사의 모습이 사라졌다.

그의 인생과 이 투쟁에 걸었던 수많은 대가.

그리고 그가 끊임없이 집착했던 마술사로서의 혈통.

그 모든 것이 순식간에. 찰나처럼 빠른 속도로 움직여.

불과 몇 초 만에 그의 존재는 싱겁게 불꽃 속으로 빨려 들어 갔다.

"보기 흉한 모습을 보였습니다."

사람을 하나 죽여 놓고도 소녀는 태연히 영령에게 고개를 조아렸다.

금빛 서번트는 그다지 관심 없다는 투로 시선을 보내면서도 방금 전에 그녀가 썼던 마술에 관해 언급했다.

"과연, 내가 없는 동안 네놈들이 이 땅을 지배하고 있었더냐."

방금 전 마술은 그녀의 내부에서 직접 솟구쳐 오른 마력에 의한 것이 아니었다.

아마도 이 땅 자체가 지닌 영맥을 이용한 마술이리라.

그 말을 긍정하듯 소녀는 그제야 비로소 표정을 짓더니 땅바닥을 향해 고개를 숙인 채 어쩐지 서글픈 말투로 대답했다.

"지배가 아니라 공생입니다. …짐작하신 대로 이 스노필드의 땅에서 벗어나면 저희 일족은 평범한 인간이 되옵니다."

"잡종은 잡종에 불과하지. 마술의 유무 따윈 구별의 기준이 되지 않는다."

자신 이외의 모든 것들은 동등하다는 듯한 오만한 말에도 소녀는 뭐라 대꾸하지 않았다.

그녀의 오른손에는 이미 마술사의 오른손에 있었을 터인 영주가 전여傳與되어 있었다.

마력의 출처가 마술사에서 소녀로 바뀌었음을 확인한 영령은 역시나 변함없는 위광을 내뿜으며, 역시나 어쩐지 무료하다는 듯이 ─하지만 한없이 당당하게 말을 내뱉었다.

"그렇다면 다시금 물으마. 네놈이 불손하게도 왕의 광휘에 기대려는 마술사냐?"

금빛 영령.

영웅 중의 영웅. 왕 중의 왕이라 불리는 그 존재에게─.

소녀는 힘차게 고개를 끄덕이고는 다시금 경의를 담아 예를 올려 보였다.

×   ×

"…저는 성배를 원하는 것이 아닙니다."

동굴 밖으로 향하던 도중, 소녀는 조용히 말을 자아냈다.

자신을 '티네 체르크'라 소개한 소녀는 황금의 서번트를 얻어 성배전쟁에 참가하게 되었다.

하지만 그녀는 성배를 바라는 것은 아니라는 모순되었다 할 수 있는 말을 입에 담더니, 이어서 자신의 진의를 자세히 말로 바꾸어 설명했다.

"이 땅을 거짓된 성배전쟁의 장으로 택하고, 모든 것을 유린하려 하는 마술사들을 쫓아내고 싶습니다…. 저희의 비원은 그뿐입니다."

담백하게 '이 성배전쟁을 깨부수겠다'고 중얼거린 소녀에게 금빛 영령─준비된 여섯 종의 클래스 중 아처─궁병의 클래스로 다시금 이 시대에 현현했노라는 '왕'은 그다지 관심이 없다는 듯 답했다.

"나도 성배 같은 것에는 관심 없다. 진짜라면 내 보물을 훔치려 하는 괘씸한 놈들을 벌하고, 가짜라면 그대로 이 의식을 집행한 녀석들 모두를 단죄할 뿐이다."

"황송하옵니다."

소녀는 감사인사를 한 뒤, 계속해서 자신들의 내력에 관해 설명했다.

"이 스노필드는 천 년 전부터 저희 부족이 공생해 온 땅… 동쪽에서 와서 이 나라를 제압한 자들의 압정壓政에서도 지켜 내온 땅입니다. 그런데 정부의 일부가 마술사라는 녀석들과 손을 잡은 뒤로… 70년도 채 되지 않아 이렇게 유린당했습니다."

영령은 서글픔과 분노가 어린 소녀의 말에도 딱히 마음이 움직인 듯한 낌새가 없었다.

"시답잖군. 누가 위에 올라서건 모든 땅은 내 정원으로 돌아오게 되어 있다. 정원에서 잡종이 말다툼을 벌이건 말건, 본래는 내버려 두면 그만이지만… 그것이 내 보물을 훔치려 드는 놈들이라면 이야기가 달라지지."

철저하게 자신을 중심으로 생각하는 남자를 보며 소녀는 무슨 생각을 했을까.

딱히 불쾌해 하지도, 어이가 없어 하지도 않았다.

그는 철저히 왕으로서 행동하였고, 그렇기에 왕으로서 인정할 수 있는 것이리라.

그녀는 아주 잠시 그 오만함에 선망과도 같은 감정을 품었다가, 재차 정신을 바짝 차리고는 동굴 밖으로 걸음을 옮겼다.

동굴 밖에서 그녀와 영령을 기다리고 있던 것은—수십에서 수백은 될, 검은 옷차림의 남녀였다.

소녀와 마찬가지로 갈색 피부를 지닌 자들이 많았지만 개중에는 백인이나 흑인의 모습도 있었다.

척 봐도 범상치 않은 분위기를 지닌 대집단이 계곡 기슭까지 몇 대나 되는 차를 타고 동굴을 겹겹이 에워싸고 있는 상태였다.

그들은 동굴에서 나온 소녀와 그 옆에 선 위압적인 남자를 보고는―.

일제히 그 자리에 무릎을 꿇어 소녀와 '영령'에게 경복敬服의
뜻을 표했다.

"이 녀석들은 뭐냐?"

왕이 담담히 묻자 티네는 자신도 무릎을 꿇으며 답했다.

"…저희 부족이 살아남고 마술사들과 대항하기 위해 도시 안
에서 만들어 낸 조직에 속한 자들입니다. 제가 아비의 뒤를 이
어, 총대總代로서 이 싸움에 선택되었습니다."

"호오."

많은 인간들이 일제히 자신에게 숭배의 뜻을 표하며 무릎을
꿇고 있었다. 자신의 육체가 존재했던 무렵의 광경이 떠올랐는
지 금빛의 왕은 눈을 가늘게 뜨고서 소녀에 대한 인식을 다소
바꾸었다.

"같은 잡종들이기는 하나, 너를 상당히 따르는 듯하구나."

"왕의 위광을 두른 분께서 그리 말씀하시니, 그저 송구스러
울 따름입니다."

"내 위광을 빌릴 자격은 되는구나. 나름의 각오로 이 전쟁에
임하고는 있는 것 같군."

"……"

영광으로 받아들여야 할 말이었지만 소녀는 한편으로 불안
하기도 했다.

눈앞에 있는 '왕'은 그렇게 말하면서도 역시나 무료한 듯한

빛을 감추려 하지도 않았기 때문이다.

그리고 다음 순간, 그녀의 불안감이 적중한 것인지 영령은 담담히 말을 자아냈다.

"하지만 결국은 가짜 대좌. 끌려나온 것들 중 나를 제한 어중이떠중이들 수준이야 뻔하지. 그런 것들에게 아무리 심판을 내린들, 무료함을 달래지는 못할 터."

그는 말하자마자 어디선가 작은 병 하나를 끄집어냈다.

그 순간을 지켜본 검은 옷차림의 집단은 훗날 말했다. '허공이 일그러지더니 그 안에서 작은 병 하나가 곧장 영령의 손으로 떨어졌다'라고.

아름답게 장식되긴 했으나 대체 무엇을 소재로 했는지는 알 수 없었다. 도기인지 유리로 된 것인지, 매끄러운 표면은 반투명해서 안에 정체를 알 수 없는 액체가 들어 있는 것이 보였다.

"애들 놀이라면 애들 놀이답게 장난을 치듯 상대를 해 줘야 마땅하겠지. 내가 일일이 실력을 발휘할 것도 없을 것이다. 제 실력을 발휘할 가치가 있는 적이 나올 때까지는 얼마간 모습을 바꾸도록 하지."

그는 그렇게 중얼거리더니 병의 뚜껑을 열어 그것을 들이켜려 했지만—.

바로 그 순간.

우연이라기보다는 운명이 움직인 것으로밖에 보이지 않는 타이밍에—.

대지가 울었다.

【——⎺⎺——__ ——⎺⎺__】

""——?!""

티네도 그녀의 부하인 검은 옷 집단도 일제히 하늘을 올려다보았다.

멀리서 들려온 것은 천지를 뒤흔드는 거대한 포효소리였다.

하지만 포효라기에는 너무도 미려한 그 소리는, 마치 거대한 천사나 대지 그 자체가 자장가를 부르는 것만 같았다.

또한, 그 소리가 까마득히 면—스노필드 서쪽에 펼쳐진 숲 쪽에서 들려왔다는 것도 알 수 있었다.

물리법칙까지도 무시한 그 진동을 들은 티네는 어째서인지 확신이 들었다.

이것은, 무언가가 태어났음을 뜻하는 첫울음 같은 것으로—.

그 정체는 아마도 터무니없이 강력한 서번트일 것이리라는 확신.

한편, 그 소리에 동작을 멈춘 것은 아처 역시 마찬가지였다.

입에 대려던 병을 든 손을 멈춘 금빛 왕은 비로소 강한 감정을 얼굴에 비쳤다.

만약 그를 예전부터 알던 자가 있었더라면 그 표정을 두고 '좀처럼 보기 힘든 일'이라며 놀라움을 금치 못했으리라. 그 '왕 중의 왕'은 격앙되기 쉬우며 결코 태연자약하다고 하기는 어려운 존재였지만—이런 표정도 지을 줄 알았던 건가, 하고.

"이 목소리는… 설마."

그의 눈에 떠오른 것은 놀라움, 초조함, 당황, 그리고—감동.

"…너냐?"

그렇게 중얼거린 영령의 표정을 본 티네의 눈에는 짧은 시간이었지만 그가 지닌 왕의 위압감이 흔들린 듯 보였다.

하지만—다음 순간, 아처의 얼굴에는 왕으로서의 오만한 위압감이 돌아왔고 이내 몹시 크게, 그저 하염없이 큰 소리로 웃어 댔다.

그리고 한동안 웃어 댄 뒤—.

"핫…. 이럴 수가! 이러한 우연과 맞닥뜨린 것도 내가 왕이라는 증거라 해야 할까!"

조금 전까지 무료함으로 가득한 표정을 지었던 것이 믿기지 않을 정도로 그의 얼굴에서는 환희와 영기英氣가 넘쳐 나고 있었다.

"잡종 계집이여! 기뻐하라, 아무래도 이 전쟁에 내가 제 실력을 발휘할 만큼의 가치가 생긴 것 같다!"

영웅의 왕은 어울리지도 않는 소리를 입에 담으며 유쾌하리만치 수다스러워졌다.

"그 광장에서의 결투를 마저 하다 스러지는 것 또한 풍류라 할 수 있으려나. …아니, 만약 그 녀석이 광전사로서 현현했다면, 어쩌면… 아니, 그만두지. 잡종에게 일일이 배청을 허락할 만한 일도 아니니."

그는 한껏 들뜬 상태로도 왕으로서의 위엄은 조금도 손상시키지 않고, 큭큭 웃으며 포효소리가 들려온 방향을 바라본 채 곁에서 무릎을 꿇고 있는 티네에게 말을 붙였다.

"고개를 들어라, 티네."

느닷없이 이름을 부르는 통에 티네는 놀라면서도 분부대로 영령의 얼굴을 올려다보았다.

그러자 왕이 조금 전까지 들고 있던 작은 병을 티네에게 던져 건네주었다.

"젊어지는 비약이다. 네놈의 나이에 쓸 필요는 없을 테지만 지금의 내게도 필요가 없어졌다. 감사히 받으라."

"넷…? 네, 네!"

아처는 놀라 눈이 휘둥그레진 소녀에게 슬쩍 시선을 던지며 위엄으로 가득찬 목소리로 말했다.

"내 신하가 되겠다면, 네게 명해 둘 것이 하나 있다."

반면 아처는 소녀에게는 눈길도 주지 않은 채, 하지만 실로 유쾌한 목소리로 왕으로서 명했다.

"어린애면 조금은 어린애답게 굴어라. 만물의 도리를 깨우치기 전까진 그저 왕인 내 위광을 보며 눈빛을 빛내고 있거라."

그것은 비아냥거림이 섞여 있을지언정 너무도 당당한 말이었다.

일족을 위해 감정을 버렸을 터인 소녀는 영령의 말에 약간 흔들렸다.

소녀는 감정을 버릴 작정이었기에 눈앞에 있는 남자에게 진심으로 경의를 표하기는 했지만─아직 눈빛을 반짝이지는 못한 채 그저 송구하다는 듯 고개를 조아릴 따름이었다.

"노력하겠습니다."

이렇게 한 조의 서번트와 마스터가 전쟁 속으로 뛰어들었다.

영웅왕 길가메시와 토지를 빼앗긴 소녀.

그들은 이것이 거짓된 성배전쟁이라는 것을 알면서도 오로지 자신의 의지를 관철하기 위해 모든 것을 걸었다.

이 순간부터 왕과 소녀는 군림하였다.

거짓밖에 없는 전쟁의 모든 것을 자신이라는 거짓 없는 진실로 덧칠하기 위해.

왕의 전쟁이, 막을 올린 것이다.

프롤로그Ⅱ
『버서커』

영국. 런던 모처.

시계탑.

그것은, 보통 런던의 관광 명소로 알고 있는 단어이리라.

하지만 마술사들 사이에서는 전혀 다른 의미를 지니는 단어다.

수많은 마술사들을 통괄하는 '협회'의 심장부이자 아직 어린 마술사들을 육성하기 위한 최고 학부.

그야말로 마술사의 총본산이라 불러야 할 곳으로, 영국 그 자체의 역사와 비견되는 그곳에서는 과거에 우수한 마술사들이 수없이 배출되었으며—그러한 그들이 저마다 새로운 역사를 창출해 내, 마술이라는 것 전체의 격조를 드높였다.

"Fuck…."

그 시계탑이 자랑하는 '최고 학부'의 교사에, 엄숙한 인상과는 어울리지 않는 말이 울려 퍼졌다.

"자네는 그거군. 한마디로 표현하자면 머저리로군."

입을 열자마자 그런 욕지거리를 한 것은 장발을 나부끼는 서른 전후의 남자였다.

붉은 코트 위에 노란 어깨띠를 늘어뜨린 그는, 척 봐도 불쾌해 보이는 표정을 지은 채 눈앞에 있는 젊은이에게 쓴소리를 쏟아붓고 있는 듯했다.

당사자인 젊은이는 절망적인 표정으로 —.

"어떻게 그런 말씀을! 하다못해 두 마디 이상으로 표현해 주세요!"

어쩐지 아귀가 맞지 않는 답을 했다.

"바보에 머저리. 그 말 말고는 형용할 방법이 없어."

남자가 뚱한 표정으로 중얼거리자 젊은이는 계속해서 물고 늘어졌다.

"아니, 어떻게든 참가하고 싶다니까요, 교수님! 미국에서 시작된다는 성배전쟁에!"

"이런 복도 한복판에서 당당히 그 단어를 입에 올리는 게 머저리 같다는 거다! 나 원⋯, 자네는 어디서 그 사실을 알았지? 중요 기밀까지는 아니지만, 너 같은 말단 애송이가 알아도 되는 일은 아니건만!"

교수라 불린 남자는 주변에 아무도 없는지 확인하며 자신에게 매달린 젊은이의 머리를 지긋지긋하다는 듯이 떼어 냈다.

그는 이 마술사들의 최고 학부의 교수로 '로드 엘멜로이 2세'라 불리고 있는 존재였다. 본명은 따로 있는 듯했지만 그를 아는 자들은 모두 경의를 담아 로드 엘멜로이 2세라 불렀다.

그는 젊은 나이임에도 시계탑 안에서 가장 우수한 교사로 손꼽혔으며, 그에게 가르침을 받아 독립한 학생들은 누구 할 것 없이 빼어나게 우수한 마술사로서 세상에 날갯짓하여, 저마다 마술사들 사이에서 수많은 공적을 쌓아 나갔다.

때문에 그는 마술사들 사이에서도 존경의 대상이 되었으며 '프로페서 카리스마'니 '마스터 V', '그레이트 빅벤☆런던 스타', '마기카 디스클로저' 등, 실로 많은 수의 이명異名을 지녔다.

뭐, 그 자신은 이렇다 할 공적도 세우지 못해 제자들만 점점 빛을 발하는 모습을 보고 있자니 짜증이 치미는 듯한 눈치였지만―.

현재 그가 짜증이 난 것은 눈앞에 있는 현역 제자인 청년 때문이었다.

어디서 '성배전쟁'에 대해 알았느냐는 질문에 청년은 태연한 표정으로 대답했다.

"어제 지하 강당에서 교수님들이랑 교회 간부 사람들이 회의를 열었잖아요. 란갈 씨라면 그 유명한 인형사 맞죠? 저, 직접 본 거 처음이에요!"

청년의 말을 들은 엘멜로이는 안 그래도 짜증으로 가득한 표정을 더더욱 찌푸리며 냉정하게 자신이 맡은 학생의 얼굴에 아이언클로를 박아 넣었다.

"어·째·서 그 회의의 내용을 네가 알고 있는 거지?"

"아니, 살짝 엿들었거든요."

"극비 보고회의란 말이다!! 결계를 몇 겹으로 쳐 놨는데!"

자신의 스승인 남자의 힐문에 청년은 죄송하다는 듯 시선을 피하며 대답했다.

"으음, 그게, 나쁜 짓인 줄은 알았지만, 너무 신경이 쓰여서…."

그러고는 얼버무리듯 웃으며 주먹을 꽉 움켜쥐고서 말했다.

"시험 삼아 방 그 자체의 결계를 해킹해 봤더니 웬걸, 성공했더라고요!"

─침묵.

마술에 관한 이야기에 '해킹'이라는 단어를 사용하는 것은 비단 그뿐 아니라 어린 학생들 사이에서는 종종 있는 일이었다. 실제로는 해킹과도 크래킹과도 상관이 없는 행위였지만, 요컨대 '결계를 피해 아무에게도 들키지 않고 회의 내용을 도청했다'고 말한 것이다.

플랫 에스카르도스.

그는 로드 엘멜로이 2세의 교실에 속한 학생인 동시에 최고참이기도 했다.

어린 소년 시절에 엘멜로이의 학생이 된 그는 그대로 시계탑을 졸업하지 못한 채 몇 년이나 되는 시간을 보내고 있었다.

그를 한마디로 표현하자면, 로드 말마따나 욕지거리밖에 나오지 않으리라.

하지만 더욱 많은 단어를 사용해 그에 관해 말하자면─'마술의 기술과 재능은 끝을 알 수 없으나, 그 대가로 마술'사師'로서 훨씬 중요한 부분을 어딘가에 떨구고 온 남자'라 하는 것이 적절할 것이다.

지중해에 거점을 둔 마술사의 가계, 에스카르도스 가문의 장남으로 태어나, 유례없이 뛰어난 마술회로와 그것을 제어하는 재능을 지닌 것으로 기대를 모았으나—.

애석하게도 그는 마술은 둘째 치고 마술사와는 정반대되는 느슨한 천성을 타고 났다.

본래는 기대되는 신동으로서 다른 교수에게 사사하고 있었으나 대다수의 스승들이 오래지 않아 위통을 호소하는 결과로 이어져, 최종적으로 '당신밖에 없소'라는 말과 함께 엘멜로이 2세에게 맡겨지게 되었다.

그로부터 수년. 그는 마술의 재능에 관해서는 보란 듯이 다른 학생들을 제치고 성장을 거듭했다. 다른 교사들은 이렇게 하지 못한 것을 감안하자면, 실로 마스터 V라는 칭호다운 활약상이라 할 수 있었다.

하지만 다른 문제가 너무 많아서 여태 시계탑을 졸업하지 못하고 있는 이였다.

평범한 사람이었다면 내버리고서 상대도 하지 않았을 테지만 '어중간한 상태로 내팽개칠 수는 없다'는 생각에 그를 계속 맡고 있는 엘멜로이 2세로서도 이번만큼은 그 선택을 후회할 뻔했다.

"재능 있는 바보라는 건, 정말로 처치가 곤란하군⋯."

분노를 초월해 모종의 깨달음을 얻은 승려처럼 온화한 음색으로 말하는 마스터 V. 그는 여전히 무뚝뚝한 표정으로 자신이 맡은 제자의 어깨에 턱, 하고 손을 얹으며 말을 붙였다.

　"방금 전 말은 못 들은 걸로 해 두마. 그러니 이 이상 내 평온한 생활을 방해하지 마라."

　"교수님한테 민폐는 안 끼칠게요. 하지만 왜, 영웅을 소환하기 위해서는 아이템 같은 게 필요하잖아요?! 그걸 어떻게 손에 넣으면 좋을지 모르겠거든요! 나폴레옹의 초상화 같은 걸 가져가면 나폴레옹을 소환할 수 있는 건가요?! 그 황제 최강이잖아요!"

　"내가 나폴레옹의 영령이라면 계약하기 전에 자네를 총살했을 거다!"

　이대로 뛰어서 도망칠까도 싶었지만 성배전쟁에 관한 특별한 감정이라도 있는 것인지, 그는 약간 진지한 목소리로 다시금 물었다.

　"……. 플랫, 자넨 그, 뭣이냐… 왜 성배를 원하지? 내가 보기에 자네에게 마술적 근원을 추구할 정도의 열정이 있는 것 같지는 않은데. 설마 졸업하고 싶어서라든지, 언제까지고 졸업을 시켜 주지 않는 나를 골탕 먹이고 싶다는 이유는 아니겠지?"

　하지만 그 물음을 들은 플랫은 완전히 상대가 생각지도 못한 답을 토해 냈다.

"보고 싶거든요!"

"…뭐라고?"

"왜, 완전 멋있잖아요! 성배라니! 그 히틀러나 게펠스가 제3제국을 위해 찾아 헤맸고, 진시황제랑 노부나가랑 고●라도 추구했던 물건이잖아요! 정말로 존재한다면 어떤 건지 보고 싶잖아요!"

"게펠스가 아니라 괴벨스다. 그리고 고질●는 딱히 추구한 적도 없고. 노부나가나 진시황제는 어떨지 모르겠지만 시대나 문화적으로 위화감이 있군."

엘멜로이는 아무래도 좋을 잘못된 부분만 지적하고는 그대로 입을 다물어 버렸다.

영락없이 호통이 날아들 줄만 알았던 플랫은 쭈뼛쭈뼛 교수의 다음 말을 기다렸지만─이내 교수는 조용히 한숨을 내쉬더니 다정한 말투로 타이르듯 말을 자아냈다.

"마술사들의 투쟁이 어떤 것인지 알긴 하는 건가? 죽음보다도 비참한 꼴을 당한 끝에 아무것도 이루지 못한 채 끔찍하게 죽을지도 모르는데."

"다들 그렇게 될 걸 각오하면서까지 추구하는 물건이잖아요? 더더욱 보고 싶어지네요!"

담백하게 대답하는 청년에게 잘 좀 생각해 보라고 호통을 치려 했지만─.

─아마도 이 녀석은 잘 생각해 봐도 똑같은 답을 내리겠지.

라는 진리에 도달해 다른 방면에서 질문을 던져 보았다.

"너는, 그것만을 위해 상대를 죽일 각오가 되어 있나?"

"욱…. 죽이지 않고 이길 수 있는 방법 같은 건… 체스로 결정한다든지…."

"아아, 굉장하군! 상대 마술사가 세계 체스 챔피언이라면 승낙해 줄지도 모르겠는걸! 체스 복싱 같은 것도 괜찮겠어!"

"…어려운 문제네요. 다른 영웅들도 무진장 보고 싶고, 가능하면 친해지고 싶어요! 영웅을 여섯 명이나 친구로 만들 수 있다면, 마술사로서 굉장한 거 아닌가요?! 세계정복도 꿈이 아닐 거라고요!"

상대의 말을 듣지 않는 것은 물론이고 중간부터 취지에서 완전히 벗어난 플랫의 말을 들은 엘멜로이는 완전히 입을 다물었다.

하지만 호통을 치지도 어이없어 하지도 않았다.

그는 턱에 손을 얹고서 잠시 뭔가를 생각하는 듯하더니ㅡ.

이윽고 퍼뜩 제정신을 차리고는,

"…말이 되는 소릴 해라."

하고 쌀쌀맞게 퇴짜를 놓았다.

"자, 자, 잠깐, 부탁 좀 드릴게요, 교수님! 아니, 그레이트 빅벤☆런던 스타!"

"본인 앞에서 이명으로 부르지 마라! 게다가 하필 그 이명을 고를 건 또 뭐냐?! 날 무시하는 거냐? 너, 내가 아주 우습게 보이지?!"

"이렇게 부탁드릴게요! 교수님한테 딱 맞는 새 이명을 생각해 드릴게요! 으음, 왜 '절대영역 매지션 선생' 같은 식으로!"

"죽어라! 영원히 졸업하지 못한 채 죽어!"

×　　　×

결국 매정하게 쫓겨난 플랫은 풀이 죽은 티를 팍팍 내며 학부 내를 얼쩡대고 있었다. 도무지 스무 살이 될까 말까 한 청년의 모습으로는 보이지 않는 그는 입으로 소리 내어 "터벅터벅."이라고 중얼거리며 긴 계단을 내려가고 있었다.

그때―.

"아, 마침 잘됐다."

아래층에 있던 여성이 말을 붙여 왔다.

시계탑에서 사무원으로 일하는 여성으로, 그녀는 손에 대량의 우편물과―하나의 작은 소포를 끌어안고 있었다.

"이거, 너희 교수님한테 온 짐이야. 좀 전해 주면 안 될까?"

그렇게 그는 조금 전에 일방적으로 자신을 쫓아낸 마스터 V에게 배달된 화물을 전해 주러 가게 되었는데―.

―우으, 아직도 화나 있으시겠지?

부정적인 상상을 하며 긴 계단을 올라가던 도중―그는 상자 안에 든 내용물이 신경 쓰여 투시 마술로 안에 든 물건을 확인해 보았다.

그것은 모종의 의식에 쓰일 법한, 꺼림칙한 디자인의 단검 같았다.

다음 순간, 그는 날카로운 투시능력으로 나이프의 칼날에 파인 이름을 보고는 온몸에 전류가 퍼져 나가는 듯한 감각에 사로잡혔다.

—이건… 설마!

—교수님…! **날 위해**?!

자기중심적이기 짝이 없는 착각을 한 소년은 그 상자를 들고 달려 나갔다.

상자 안에는 이런저런 문자가 새겨져 있었지만 자신은 전혀 읽을 수가 없는 것이었다. 아마도 이국의 마술적인 설명서나 뭐 그런 것이리라.

하지만 그는 그 문자의 내용 해독 따위는 뒤로 미뤄 둔 채 일심불란하게 교사 안을 달리기 시작했다.

×   ×

"이것 참…, 또 왔나."

복도 끝에서 달려오는 모습을 발견한 엘멜로이 2세는 노골적으로 짜증스러운 표정을 지었지만—플랫은 손에 든 소포를 들어 보이며 성배전쟁과는 무관한 말을 내뱉었다.

"교수님…. 이… 이… 이 소포… 저… 저한테!"

100미터가 넘는 거리를 전력질주한 탓인지 급속히 산소부족 상태에 빠진 플랫은 숨을 헐떡이며 그 상자를 내밀었다.

한편, 교수는 무슨 일인가 싶어 상자를 보고는―거기 적힌 주소와 포장지에 찍힌 로고 마크 등을 보고 아아, 하고 고개를 끄덕이며 물었다.

"아아, 이건… 뭔가, 자네는 이게 갖고 싶은 건가?"

그 물음에 청년은 헤드뱅잉을 하듯 고개를 붕붕 세차게 끄덕였다.

"뭐, 좋다. 자네가 갖고 싶다면 주지. 내겐 필요 없는 물건이니."

교수의 답변을 들은 플랫은 지금까지의 인생 중 최대급이라 해도 좋을 정도로 밝은 표정을 지어 보였다.

"감사합니다! 정말로… 정말로 감사합니다! 교수님 제자 하길 잘 했어요!"

교수는 거의 눈물을 글썽이며 황급히 떠나가는 제자를 보며 어이가 없다는 듯 중얼거렸다.

"나 원, 젊을 적의 나와는 정반대되는 녀석이로군. 아마도 투시로 내용물을 본 것일 테지만… 저 녀석이 저렇게 좋아할 만한 게 들어 있던 건가?"

몇 분 뒤―.

자신의 방으로 돌아온 엘멜로이 2세는 불초한 제자와 있었던 일을 떠올리며 방 안쪽에 있는 장식장 하나로 시선을 옮겼다.

물리적인 것과 마술적인 것. 이중으로 잠금장치를 해 둔 장식장 앞에 선 엘멜로이 2세는 신중하게 잠금장치를 풀고서 안에 있는 것을 집어 들었다.

그것은 특수한 보관 케이스에 담긴 한 장의 천이었다.

척 봐도 오래된 물건으로, 천은 이미 썩어 실용성이 전혀 없어 보였다.

하지만 방 안에 있는 그 어떤 것보다도 엄중하게 보관되어 있었다는 사실이, 그 천이 평범한 넝마 조각이 아니라는 것을 증명해 주었다.

"다른 서번트를 거느리고 세계정복이라….".

그는 조금 전에 플랫이 내뱉은 헛소리를 떠올리고는 눈살을 찌푸린 채 입가를 일그러뜨렸다.

"설마 내 제자에게 그런 바보 같고도, **그리운** 말을 듣게 될 줄이야."

그러고는 케이스 안에 있던 천을 어쩐지 향수에 젖은 눈빛으로 바라보며 혼잣말을 중얼거렸다.

"아무리 말려도 들어먹지 않으면 이걸 건네줄까도 싶었지만,

그렇게 되지 않은 것을 감사해야 하려나."

엘멜로이 2세는 눈살을 찌푸린 채 안도의 한숨을 흘리더니 케이스의 뚜껑을 닫으며 제자에게 넘긴 우편물에 관해 생각했다.

"그나저나, 내가 할 말은 아니지만 개인한테 보내진 우편물을 타인에게 맡긴다는 시스템도 문제가 좀 있군. 딱히 중요한 것은 아니었다지만."

"뭐, 어찌 되었건 그 경품으로 성배전쟁에 관한 일을 잊어 준다면야 나야 바랄 게 없지."

몇 개월 전―.

교수는 자신의 방에서 취미인 일본산 게임을 즐긴 뒤, 정성스럽게도 게임 소프트의 패키지에 동봉되어 있던 설문조사용 엽서를 작성했다.

굳이 비싼 우표를 붙여 국제우편으로 보내야만 했는데, 그 특이한 경로 덕을 본 것인지 설문조사 엽서로 인한 관련 상품 등이 방 안에 빼곡하게 늘어서 있었다.

뭐, 그는 그러한 상품에는 거의 관심이 없고 순수하게 게임 회사 측에서 의견을 반영해 줬으면 하는 마음으로 계속해서 보내고 있는 것뿐이었지만.

　그리고, 몇 개월 후―.

　정말로 원하는 제품이 있으면 직접 주문해서 사 모으는 타입인 그는, 소포에 적힌 일본 메이커 명을 보고 '또 평소처럼 특전 상품이겠지.' 하고 판단하고는, 눈빛을 반짝이며 자신에게 다가오는 플랫에게 개봉도 하지 않은 채 증정하고 만 것이다.
　그가 판단한 대로 그것은 평소와 마찬가지로 게임 관련 상품이었다.
　그는 메이커 명을 통해 로봇을 주체로 한 게임의 액션 피겨나 뭐 그런 것이려니 했지만―.
　실은 〈대영제국 나이트 워즈〉라 적힌 시뮬레이션 게임의 상품이었다.

　그리고, 그 특전 상품이란――.

× 　　　 ×

　며칠 뒤. 스노필드 시㹖. 중앙공원.

　머리 위로 태양이 눈부시게 빛나는 오후.

플랫은 준비도 제대로 하지 않은 채 비행기에 올라타고 그대로 미국 본토로 건너갔다.

그는 성배전쟁에 대해 대충 조사를 하긴 했으나, 세세한 부분까지는 전혀 알지 못했다.

그런 상태의, 참가자격 운운하기 이전의 문제인 플랫으로 말하자면—.

그는 현재, 자신의 오른손에 떠오른 문양을 싱글벙글거리며 바라보고 있었다.

"멋있다아, 이거. 영주란 걸 쓰면 사라지는 걸까, 이거."

그는 뻔질나게 손을 문지르고, 때때로 뭐라 중얼거리더니—다음 순간, 어깨를 축 늘어뜨리며 말했다.

"사라져 버리는 것 같네. 좋아, 영주는 절대로 쓰지 않도록 해야지!"

그 자리에 '성배전쟁'의 관계자가 있었다면 어떻게 '쓰면 사라진다'는 시스템을 간파했느냐고 덤벼들어 캐물었으리라.

하지만 운 좋게도 주변에는 나들이를 나온 일반인 가족 정도밖에 보이지 않았다.

플랫은 그대로 얼마간 영주를 바라본 뒤, 손에 든 꾸러미를 펼쳤다.

안에서 나온 것은 한 자루의 나이프였다.

꺼림칙한 디자인의, 흑과 적을 기조로 한 악취미스러운 물건이었다.

날이 서 있지는 않았지만 칼날의 광택 등에서는 어쩐지 고급스러움이 느껴졌다.

"그나저나 정말로 교수님한테는 감사해야겠네. 이러니저러니 해도 나를 위해 이렇게 멋진 유물을 준비해 줬으니까!"

상자에서 꺼낸 뒤에도 자신의 착각을 알아채지 못한 것도 모자라 오히려 한층 더 오해가 깊어진 채 이 땅까지 오고 만 것이다.

그리고―하필이면 성배는 그를 선택해 성배전쟁의 참가 자격인 영주를 그의 몸에 부여한 것이다.

그는 그저 나이프와 영주를 번갈아 보며―조금 전과 마찬가지로 때때로 무슨 말을 연신 중얼거렸다.

30분 정도 지났을 즈음일까―.

다른 영주 소유자들이 알면 졸도할 법한 사건이 그 공원 안에서 일어났다.

그것은 그야말로 기적이라 해야 할 일로, 만약 그의 스승인 엘멜로이 2세가 이곳에 있었다면 일단 세 번 정도 무릎차기를 날린 뒤에 짜증스러운 말투로 칭찬을 했으리라.

기적이라 해야 할지 우연이라 해야 할지, 아니면 그 자신의 재능 덕이라고 해야 할지. 어찌 되었건 그가 해낸 일은 어떤 의미에서는 이 거짓된 성배전쟁에 대한 다대多大한 모욕이라 할 수 있었다.

뭐, 그 사실을 지각한 것은 당사자인 플랫뿐이었지만.

「묻겠다. 그대가 나를 소환한 마스터인가?」

"네, 네?!"

플랫은 쓸데없이 시원시원한 목소리가 들리는 바람에, 저도 모르게 일어나 주변을 둘러보았다.

하지만 주변에는 나들이를 나온 가족이나 커플이 활보하고 있을 뿐, 방금 전에 들려온 목소리의 주인공은 도무지 보이지가 않았다.

「방금 전 대답은 긍정으로 받아들여도 될까? 그럼 계약은 끝났네. 피차 성배를 바라는 자들끼리 사이좋게 지내 보자고.」

"에? 에엑?!"

고개를 상하좌우로 격하게 움직여 보았지만 역시나 그 어디에도 그럴 법한 이의 모습은 보이지 않았다.

목소리는 혼란에 빠진 청년은 아랑곳 않고 계속해서 말했다.

「이럴 수가…. 제단도 없이 이렇게 사람들이 지켜보는 가운데 서번트를 소환하다니, 내 마스터라는 인물은 제법 강단이 있군! …아니, 잠깐…. 제단이 없다는 건, 설마 소환 주문도 외지 않은 건가?!」

"어, 으음…. 죄송해요, 이래저래 마력의 흐름 같은 걸 만지작대다 보니… 뭔가 '연결되어 버린' 것 같네요. 이야, 죄송해요, 이런 식으로 소환을 해서.”

「흠… 뭐, 됐네. 그만큼 우수한 마술사라는 뜻일 테니.」

아무래도 서번트인 듯한 존재의 목소리는 자신의 머릿속에서 들려오는 것 같았다.

플랫은 자신의 안에서 영주를 통해 마력이 ‘어딘가’로 흘러나가는 것을 확인하며 주저주저 자신의 머릿속에 말을 걸었다.

“저, 저기…. 아무래도 나… 아니, 저는 감동할 타이밍을 놓쳐 버린 것 같은데요… 서번트는 다들 이런가요?”

「아니, 내가 특수한 것뿐이네. 너무 신경 쓰지 마시게나.」

서번트의 목소리는 생각했던 것보다 훨씬 사근사근하고 신사적인 것 같기는 했지만 기묘하게도 구체적인 성격 같은 것은 전혀 느낄 수가 없었다.

「좌우간 내겐 확고한 ‘성격’이라는 게 없어서 말이지. 어떠한 형태와 모습으로든 변할 수 있지만―그 어떤 모습도 아니라고 할 수 있지.」

남자인지 여자인지, 노인인지 어린애인지, 어떤 직업을 가졌는지, 보통은 어떤 식으로든 목소리에 나타나기 마련이었지만 머릿속에 직접 울리고 있는 그 목소리는 놀랄 만치 특징이 없어서, 꼭 얼굴이 없는 괴물과 대화를 나누고 있는 듯한 기분이 들었다.

“저기…, 당신의 이름을 말씀해 주실 수 있을까요?”

문득 그렇게 물어보았다.

자신이 손에 넣은 나이프의 출처가 사실이라면, 그 정체는 자신이 상상한 그대로일 터.

하지만 플랫 안에서는 머릿속에서 말하는 목소리와 그가 상상한 '영령?'의 인상이 도무지 일치하지 않았다.

머릿속에서 '영령?'이라고 물음표를 붙인 것은 플랫으로서도 그것이 '영웅'이라 불리는 부류의 존재가 아니라는 것을 알기 때문이다.

하지만 아마도―영국산 영화며 소설이 평범하게 나도는 나라에서라면 모르는 이가 거의 없을 것이다. 뭐, 지명도로 치면 셜록 홈스나 뤼팽보다 떨어지겠지만―그 존재는 그들과는 달리 과거에 분명 실재했던 존재였다.

어째서인지 물음에 대한 답이 없기에 플랫이 불안하게 시선을 이리저리 굴리던 참에―.

그 시야 안에 문득 검은색을 기조로 한 덩치 큰 남자의 모습이 눈에 들어왔다.

"아, 드디어 현현해 주셨군요!"

"무슨 소리지?"

의아한 표정을 지은 남자의 모습을 본 플랫은 앗, 하고 당황 섞인 소리를 흘리고는 그대로 얼굴을 새빨갛게 물들였다.

옷이 검은 것은 당연한 일이었다.

허리에 권총을 찬 경관이 위압적인 표정으로 분수에 앉은 자신을 내려다보고 있었던 것이다.

"나이프를 쥐고서 혼잣말을 하다니, 수상한 녀석이로군."

"아, 아니! 저기! 아니에요!"

플랫은 허둥지둥 변명을 하려고 했으나―.

"놀랐는가?"

눈앞에 있던 경관의 태도가 갑자기 부드러워지더니 손에 든 경찰봉을 플랫에게 쥐여 주었다.

진짜 경찰봉 같은 질감이 나는 그것은―손에 닿자마자 질량이 사라졌다.

놀라서 앞을 보니 그곳에는 이미 경관의 모습 따위는 존재하지 않았고, 그 대신 선정적인 복장을 한 여자가 한 명 서 있었다.

그리고 그 여성이 여자의 목소리로 조금 전 머릿속에 울렸던 것과 완전히 똑같은 말투로 말을 자아냈다.

"자기소개 전에 내 특성을 이해해 줬으면 했던 것뿐이네."

"네? 에? 어라?!"

더더욱 놀란 플랫 앞에서 순식간에 여자의 모습이 사라지더니―.

「놀라게 해서 미안하군. 나의 마스터여. 실제로 보여 주는 게 더 빠를 것 같아서 말이지.」

목소리는 다시 머릿속에서 울리기 시작했다.

주변에 있던 나들이를 나온 가족들 중 몇 명인가가 그 '이상한 일'의 일부를 보았는지, 눈을 비비는 자나 고개를 갸웃하는 자, "엄마, 경찰 아저씨가 여자가 됐다 사라졌어."라고 말해 부모에게 웃음을 안겨 주는 아이 등 저마다 다른 반응을 보였다.

그 상황이며 눈앞에 남아 있는 하이힐의 발자국 등만 보아도, 방금 전에 봤던 자가 환각 같은 게 아니라는 것을 확신할 수 있었다.

의아해 하는 일반인들은 아랑곳 않고—진실은 청년의 머릿속에서만 밝혀졌다.

「그럼, 다시금 자기소개를 하도록 하지. 내 진명은—.」

플랫은 숨을 멈춘 채 상대의 다음 말을 기다렸다.

그는 이 서번트의 정체를 안다. 하지만 이 경우, 진명은 그 '전설'에 있어 전혀 다른 의미에서 중요한 의미를 지닌다.

그는 한껏 기대하며 상대의 목소리가 뇌리에서 울려 퍼지기를 기다렸지만—.

서번트의 대답은 그를 다른 의미에서 놀라게 했다.

「솔직히 말하자면, **나도 모르네.**」

"잠깐만요?!"

저도 모르게 엉덩이를 들썩인 청년은, 엉덩이를 들썩여 봐야 덤벼들 상대도 없다는 사실을 알아채고는 머쓱해져서 주변을 둘러보며 다시 앉았다.

그런 청년의 상황이랑 개의치 않고, 역시나 감정도 특징도 느껴지지 않는 투로 목소리는 자신의 정체에 관해 말하기 시작했다.

「내 본명을 아는 자가 있다면―아마도 전설이 아닌 진짜 나와… 그 흉행을 저지한 자뿐이겠지.」

×　　　×

플랫이 지닌 나이프는 진짜 유물 같은 것이 아니라 복제품에 지나지 않았다.

하지만 그 영령에 한해서는―.

대중을 대상으로 만들어진 복제품이기에 보다 강하게 영혼을 끌어들일 수 있었다고도 할 수 있다.

그 서번트에 이름 같은 것은 없었으나 분명히 이 세상에 존재했다는 증거는 있었다.

하지만 그 정체를 아는 사람은 아무도 없다.

모습은커녕 진짜 이름조차도, 남자인지 여자인지도.

아니, 과연 인간이었는지조차도.

공포의 상징으로서 세상을 두려움에 떨게 한, 성별조차 모를 '그'는 이윽고 사람들의 손에 의해 온갖 모습으로 상상되어, 수많은 이야기며 논문 속에 기록되어 왔다.

어떤 때는 의사,

어떤 때는 교사,

어떤 때는 귀족,

어떤 때는 창부,

어떤 때는 도살자,

어떤 때는 악마,

어떤 때는 원념,

어떤 때는 음모,

어떤 때는 광기.

애초에 '그'가 한 명이었는지 어땠는지도 확실치 않아, 사람들은 공포까지도 이용해서 자유롭게 그 존재를 그려 내—하나의 '전설'로까지 승화시켰다.

하지만 그는 한낱 전설 같은 것이 아니라 분명히 존재했던 것이다.

오히려 오랜 시간을 '시계탑'에서 보낸 플랫에게는 가장 가까운 곳에 존재했던 전설이라고도 할 수 있었다.

존재했다는 사실만은 모두가 알고 있다.

화이트채플이라 불리는 런던 한구석에 남겨진—.

다섯 창부의 처절한 시체라는, 더할 나위 없는 존재의 증명을 통해.

×   ×

「하지만 사람들은 나를 이렇게 부르고, 편지에서 내가 나를 지칭했다고 알려진 호칭 또한 존재하지.」

「요컨대 나는, 살인마 잭―잭 더 리퍼라네.」

몇 개월 전―.

엘멜로이 2세가 플레이했던 〈대영제국 나이트 워즈〉라는 게임으로 말하자면―.

그는 일본에서 통신판매로 그 소프트웨어를 구입하면서, 분명 영국의 전설에 나오는 기사들 간의 싸움을 그린 시뮬레이션 게임일 것이라고만 생각했다.

하지만 알고 보니 나이트라는 단어는 '밤'이라는 의미로 쓰인 것이었다. 그 게임은 어느 실존 인물을 주인공 삼아 자신의 내면에 잠들어 있는 또 하나의 자신의 광기와 싸우며 런던의 밤을 방황하다가 서서히 마물들과의 전쟁에 휘말려 들게 된다는 내용의 어드벤처 게임이었다.

자신이 생각했던 것과는 전혀 다른 게임이었음에도 불구하고 그는 성실하게 클리어할 때까지 플레이하고는 '타이틀 짓는 센스에 문제가 있음'이라는 의견을 비롯해 자신이 느낀 점을 정확하게 적어 나갔다.

문득 설문조사 엽서의 뒷면을 보니 거기에는 추첨으로 증정할 예정인 상품에 대한 상세한 설명이 적혀 있었다.

'설문조사에 응해 주신 분들 중 추첨에 당첨된 100분께 '잭 더 리퍼의 이름이 새겨진' 모형 나이프를 증정합니다! (날은 부드럽게 가공됨)'

―잭 더 리퍼가 나이프에 이름 같은 걸 새기고 다녔을 리가 있나.

상품 그 자체에 대한 흥미가 사라진 그는 코웃음을 치고는 담담하게 게임에 대한 평가를 써 나갔다.

그 설문조사 엽서가 훗날 어떤 결과를 초래할지도 모르고―.

×   ×

그리고 수개월 후―.

플랫은 여전히 공원 분수에 앉아 머릿속에 있는 '무언가'와 대화를 나누고 있었다.

그는 아주 짧은 시간 만에 상황에 적응을 해 버린 모양인지, 실로 자연스럽게 머릿속에서 들려오는 목소리와 대화를 나눴다.

"요컨대 당신의 그 '아무도 아니다'라는 상황이야말로 '누구로든 변할 수 있는' 능력의 근원이라는 건가요….."

「그래, 하지만 자넨 운이 좋군. 만약 다른 클래스로 현현했다면 그 몸을 빼앗아서 광기에 몸을 맡겨… 일단 이 공원 안을 피바다로 만들어 버렸을 테니까.」

"엑…."

플랫은 상대의 말이 농담처럼 들리지 않아 무심결에 주변에 있던 가족 동반 나들이객들의 얼굴을 쳐다보았다. 마술사라면 '마술사의 존재가 공표'되면 어쩌나 하는 걱정을 할 법도 했지만 그는 마술사답지 않은 이유로 그 상황을 면했다는 사실에 안도했다.

"저, 저기…. 그런데 당신의 클래스는 뭔가요? 어새신인가요."

「오오, 이거 미안하게 됐군. 내 클래스는 버서커네.」

"네?"

플랫은 상대의 답을 듣고 더더욱 혼란스러워졌다.

그도 수박 겉핥기 식이기는 했지만 성배전쟁에 대해 대충은 조사를 하고 왔다.

하지만 버서커의 클래스로 말하자면 제정신을 잃게 함으로써 그 힘을 끌어내는 것이 특징인 클래스일 터.

플랫의 의문을 느꼈는지 잭은 자신과 클래스의 관계에 관해 담담히 말하기 시작했다.

「나는 광기의 상징으로 만들어진 전설이라 말이지. 광기야말로 나와 파장이 맞는 유일한 클래스라 할 수 있을 걸세.」

"아아…. 마이너스×마이너스는 플러스다 이거군요!"

평범한 마술사라면… 아니, 평범한 인간이라면 모두가 '그렇게 상황이 딱딱 들어맞을 수도 있나?' 하고 지적했을 테지만 플랫은 순순히 받아들였다.

그러자 오히려 잭이 놀랐는지 흐음, 하고 머릿속에서 신음소리를 흘리더니 부연설명을 하듯 말을 내뱉었다.

「뭐, 내가 실재한 인간의 정신을 그대로 옮긴 것이라면 이렇게는 되지 않았겠지. 하지만 내가 광기라는 기호의 상징으로서 만들어졌기에 통용된 기적일 것이네. 아니면 이 성배전쟁 자체에 뭔가 특수한 것이 있는 건지도 모르고.」

"헤에~. 역시 서번트는 굉장하네요!"

역시나 순순히 답하는 청년의 태도에 서번트는 일말의 불안감을 느끼며 화제를 돌렸다.

「그나저나 아까 내가 경관의 모습으로 변했을 때―어째서 최면술… 마술적인 암시 같은 걸로 모면하려 하지 않은 거지? 마술사라면 초보 중의 초보 수준의 대응일 텐데.」

"네? …아니, 하지만 오해는 풀어 둬야겠다 싶어서."

「자네가 우수한 마술사인지 아닌지 갑자기 불안해지기 시작하는데.」

머릿속에서 울린 말이 거북하게 들렸는지 이번에는 플랫이 곧장 화제를 전환했다.

"그런데 당신은 성배를 발견하면 어떤 소원을 빌 건가요?"

「음…. 마스터에게는 말해 둬야 하려나…. 비웃지 말아 주게나.」

　제정신을 유지하고 있는 버서커는 잠시 망설인 뒤, 마스터의 물음에 답했다.

　「…그, 화이트채플에서 다섯 명의 창부를 죽인 게 누구였는지―요컨대 나는 누구인지. 단지 그걸 알고 싶을 뿐이네.」

　"그게 무슨…."

　「나는 전승일 뿐, 진실이 아니네. 다만 자신이 누구인지도 모른 채, 그저 사람들이 자아내는 이야기며 고찰을 통해 자신의 모습을 변화시켜 나간다는 건, 아주아주 무서운 일이라네. 몸이 있고 이름이 있고, 과거가 있는 자네는 이해 못 할지도 모르네만.」

　서번트는 진지한 음색으로 말했다.

　자신의 정체를 알고 싶다.

　기묘한 이야기이기는 했지만 아마도 그저 그것만이 이 서번트의 모든 것이리라.

　청년은 얼마간 무언가를 생각하더니 궁금해진 것을 솔직하게 입에 담았다.

　"그래서, 정체를 알고 나면 어쩔 건가요? 예를 들어 나중에 성배전쟁이 아닌 곳에서 누군가가 당신을 소환했을 때… 그게, 자신의 정체였던 사람의 모습을 흉내 내서 나타날 건가요?"

　「그렇게 될지도 모르지. 결국 지금의 나와는 다른 사람이라는 점에는 변함이 없지만, 나는 살인귀였다는 것을 전제로 퍼져 나간 전승이네. 전승에 진실이 존재한다면, 나는 그 진실과 가까워지고 싶네.」

어쩐지 쓸쓸한 음색을 띤 서번트의 말에ㅡ.

분위기 파악 못 하는 청년은 너무나도 직설적으로 자신의 의견을 토해 냈다.

"그거야말로 정체성이 없는 사람처럼 보이는데요."

담백하게ㅡ너무도 담백하게 내뱉은 청년의 말에 뇌 속에 있는 서번트는 놀란 기색을 감추지 못했다.

「…자네, 혹시 분위기 파악 못 한다는 말을 자주 듣지 않나?」

"아하하, 자주 들어요! 감사합니다!"

「딱히 칭찬은… 아니, 됐네. 이제 이 이야기를 할 일은 없을 테니. 그나저나… 용케도 나를 불러낼 생각을 했군. 영웅들만큼의 힘도, 인간으로서의 윤리관도 기대할 수 없을 텐데.」

상식적이라면 상식적이라 할 수 있는 물음이었다.

그 물음을 살인마 잭 본인이 입에 담는 건 좀 그렇지 않느냐는 의견은 둘째 치고, 평범하게 생각해 봤을 때 다소 꺼림칙한 존재를 서번트로서 소환한 것이 아니냐는 물음에ㅡ.

청년은 역시나 담백하게 답변했다.

"전 좋아하거든요, 당신처럼 정체 모를 수수께끼의 괴인 같은 거."

「…….」

"왜, 멋있잖아요! 그리고 지금은 좋은 사람인 것 같아서 다행이에요!"

　마술 센스는 있어도 마술사로서의 의식이 희박한 청년.
　유일하게 그에게 마술사다운 구석이 있다면―.
　그의 센스가 평범한 사람들의 그것과는 다소 다르다는 점뿐이리라.
　뭐, 최대한 관대하게 해석하자면 왕성한 호기심이라는 마술사로서의 소양을 과하게 보유하고 있는 것이라고도 말할 수 있었지만.

　청년의 답변을 어떻게 받아들였는지―.
　본래는 광기와 흉기凶氣밖에 존재하지 않을 터인 서번트는 아주 살짝 긍정적으로 들리는 음색으로 전쟁에 발을 들여놓기로 했다.
　「자아, 마스터여. 우선은 어떻게 움직일까? 내 능력이 있으면 어떠한 곳으로든 침입해서 적의 마스터를 직접 죽이는 것도 가능할 것이야! 나는 당신의 지시대로 움직일 생각이네만?」
　기합이 바싹 들어간 서번트의 말에, 마스터인 마술사는 역시나 마술사답지 않은 상쾌한 미소를 얼굴에 철썩 붙인 채 입을 열었다.
　"일단은, 날씨가 좋으니 일광욕이나 하죠. 따끈따끈한 게 무진장 기분 좋다고요."

「뭣…?!」

　이렇게―비극을 모르는 청년과 비극밖에 낳지 않는 악령의
여행이 시작되었다.
　공통점은 하나뿐.
　서로 성배전쟁의 이념과는 거리가 먼 존재라는 것.
　그것 하나뿐이었다.

프롤로그 Ⅲ
『어새신』

어느 나라에 독실한 신앙을 지닌 한 사람이 있었다.

그뿐. 단지 그뿐이었다.

독실한 신앙을 지닌 자는 그 상식을 벗어날 정도의 신앙심 탓에 사람들에게 '광신자'라 불리며 경멸받았다.

심지어 같은 신을 섬기는 자들에게까지 경멸 어린 말을 듣고 는 했다.

하지만 광신자는 사람들을 증오하지 않았다.

자신이 경멸받는 것은 아직 미숙하기 때문이다.

신앙심이 부족하다. 단지 그뿐이다.

광신자는 자신을 계속해서 궁지로 몰았다.

선조들이 일으켰던 기적을 추구해 그 모든 것을 재현해 보였 다.

하지만 부족하다.

한참 부족하다.

온 세상이 광신자에게 그렇게 외쳐 대고 있는 것 같았다.

신앙을 가진 모든 자들이 광신자를 꺼리기 시작했다.

—부족하다.

—부족하다.

—부족하다.

결국 그 광신자는 아무것도 이루지 못하고 그저 광신자로서 살다 순교조차 허락받지 못한 채, 그저 무위한 인생을 보내다 모습을 감췄다.

하지만 광신자는 그래도 세상을 증오하지 않았다.

자신의 미숙함을 수치스러워하며 다시금 신앙의 소용돌이에 몸을 내던졌다.

광신자는 증오 따위는 품지 않는다. 다만 다른 신을 증오할 따름이다.

그러한, 평범한 사람으로서는 이해하기 힘든 광신자가 있었다.

그저 그뿐이었다.

이야기는 거기서 끝났을 터였다.

─거짓된 성배가 그 광신자를 선택한 순간까지는.

×　　　×

밤. 스노필드 동부. 호반지대.

몇몇 맑은 호수가 점재한, 도시 동부에 펼쳐진 호반지대.

호수 사이에는 무수한 늪이 펼쳐져 있고 그 사이를 누비듯 도로가 뻗어 있었다.

도시 사방에 펼쳐진 땅 중에는 비교적 개발이 진행되었다 할 수 있는 구획이었지만 그래도 끽해야 낚시터나 레저용 별장이 점재하는 정도였다.

그러한 별장지 한구석.

결계가 쳐져 있어 평범한 인간이 지각은 할 수 있어도 그 건물을 '눈여겨볼' 수는 없는 상태가 된 유달리 거대한 별장이 존재했다.

서부 호수 기슭에 자리한, 펜션치고는 결코 고상한 취향의 건물이라 할 수 없는—검정과 잿빛을 토대로 한 그 디자인은 다소 과하게 고딕스럽다 할 수 있으리라.

그리고—.

저택 지하에는 몇몇 마술사들이 존재했고 바야흐로 소환의 의식을 종료한 참이었다.

현현은 무사히 성공했다.

이제 서번트가 내뱉을 '물음'에 긍정하여 계약을 체결하기만 하면 된다.

하지만—.

—이상하군.

서번트를 소환한 마술사, 제스터 카르투레는 의아한 눈으로 그 영령을 노려보았다.

그의 주변에는 제자 마술사들이 열 명 정도 있었다.

그리고 그 원의 중심에는 사람과도, 마술사와도 확연히 다른 분위기를 내뿜는 이가 한 명 있었다.

한없이 깊고, 순수한 위압감을 내뿜고 있는 것은ㅡ.

검은 로브를 몸에 두른 한 명의 '여자'였다.

상당히 젊은 듯했지만 바닥을 향해 고개를 숙이고 있는 탓에 어떻게 생겼는지는 알 수 없었다.

하지만 제스터는 그 시점에서 이미 강한 위화감을 느끼고 있었다.

ㅡ난, 어새신의 영령을 소환했을 텐데.

보통은 영령들의 그릇이 되는 클래스를 정확히 선택하는 일은 불가능하다.

하지만 예외는 있다.

어새신과 버서커의 클래스는 어느 특수한 성질로 인해, 영창詠唱이나 사전준비 등을 통해 임의적으로 소환할 수가 있는 것이다.

그리고 제스터는 그 규칙에 따라 '어새신'의 클래스를 소환했다.

암살자의 칭호를 지닌 서번트는 그 성질 탓에 자연스럽게 한 종류의 영웅만이 소환된다는 법칙 같은 것이 존재하여, 얼핏 보기에 눈앞에 현현한 존재는 그 영령인 듯 보이기도 했지만ㅡ.

ㅡ하얀 해골가면을 쓰고 있다고 들었는데….

어새신의 칭호를 지닌 영령은 모두 하나같이 검은 로브로 몸을 감싼 채 얼굴을 감추듯 해골가면을 쓰고 있다. 제스터는 철저한 사전정보 수집을 통해 거기까지 알아냈다.

하지만 눈앞에 있는 검은 옷차림의 여자는 하얀 가면을 쓰고 있지 않아, 검은 로브 틈새로 맨얼굴이 살며시 드러나 있는 상태였다.

—그렇다고 이쪽에서 뭐라 물어도 되는 건지 어쩐지….

제스터는 일찍이 성배전쟁을 체험해 본 적이 없었다. 애초에 본래의 성배전쟁과는 달리 가짜이기도 하다. 일본에서 행해진 것에 비해 어떠한 차이가 생겼을지는 짐작도 되지 않았다.

애초에 이 단계에서도 이번 성배전쟁의 '중심인물'이 존재를 부각시키지 않는 것이 영 찜찜했다. 이토록 대규모 시스템을 만들어 낸 것을 보면 아인츠베른 등과 어깨를 나란히 할 정도로 이름 높은 마술사 가계에 의한 것이리라 생각했지만, 지금까지 그럴 법한 마술사의 움직임은 감지되지 않았다.

어지간히 잘 숨어 있는 것인지, 아니면 어딘가에서 강 건너 불구경을 하기로 작정한 것인지—.

제스터는 수많은 의문을 가슴속으로 밀어 넣고서 눈앞에 있는 서번트가 움직이기를 계속 기다렸다.

그리고—검은 옷차림의 여자가 천천히 고개를 들자 그 눈동자 속에 제스터의 모습이 비쳤다.

"묻겠다…."

그녀 자신이 내뿜는 위압감과 마찬가지로 한없이 깊고도 어두웠지만, 속까지 다 비쳐 보일 듯 맑고 강한 눈빛이었다.

　마술사는 호오, 하고 감탄사를 흘리고는 옅은 미소를 띤 채 상대의 말을 기다렸다.

　"당신이… 성배를 얻기 위해… 나를 불러낸 마술사인가…?"

　그녀는 입가에 두른 검은 옷을 통과해 사그라질 것만 같은 목소리를 천천히 자아냈다.

　그제야 나온 물음에 안도하며 제스터는 자신감 가득한 표정으로 한 걸음을 앞으로 내딛고 두 팔을 펼치며 그녀를 맞아들이기 위해 입을 열었다.

　"그래, 맞다. 내가──."

【…망상심음妄想心音─자바니야….】

　여자가 중얼거림과 동시에 시간이 멈췄다.

　푹. 무언가가 가슴에 닿은 것 같아 제스터는 저도 모르게 고개를 숙였다.

　─뭐지?

　그리고─자신의 가슴 앞에 붉은 무언가가 뻗어 있고, 역시나 붉은 무언가가 그것을 붙잡고 있다는 것을 알아채고, 이어서 그것이 자신의 심장이라는 것을 알아채고는─.

제스터의 몸은 숙였던 고개를 도로 들지도 못하고 그대로 바닥에 쓰러졌다.

"뭣…?!"

제자 마술사들은 눈앞에서 펼쳐진 상황에 눈에 띄게 당황하여, 눈이 휘둥그레진 채 꿈쩍도 않게 된 주인의 모습을 쳐다보았다.

여자의 등에서 느닷없이 나타난 세 번째 붉은 팔이─주인인 마술사를 향해 일직선으로 뻗어 순식간에 그 가슴팍에 닿는가 싶더니─.

놀랍게도 그 붉은 손 안에 나타난 하나의 심장을 힘껏 짓이긴 것이다.

마술사들은 쓰러진 채 꿈쩍도 않는 주인과 여자를 번갈아 보며 혼란에 빠져 고함을 치기 시작했다.

"이, 이놈이!"

"제스터 님께 무슨 짓을?!"

"서번트가 아닌 건가?!"

저마다 공황에 빠져 소리를 치며 자신의 무기를 움켜쥐거나 마력을 급격히 집속시켜 나가는 견습 마술사들.

검은 옷차림의 여자는 그 모습을 무표정하게 바라보며 그저 한마디를.

역시나 사그라질 듯한 목소리로 중얼거렸다.

"우리의 신은… 잔 따위는 원치 않으신다…."

그녀의 말을 들었는지 못 들었는지, 특수한 힘을 지닌 듯한 단도를 손에 든 남자가 소리도 없이 도약하여 여자의 등 뒤에 칼날을 꽂으려 했다.

찰나―.

뿌득. 축축하고도 이상한 소리가 울려 퍼지더니 여자의 어깨가 괴상하게 휘었다.

이상한 각도로 뒤로 돌아간 왼손이 역시나 살며시 남자의 머리에 닿더니―.

【…공상전뇌空想電腦― 자바니야….】

다음 순간 남자의 머리 그 자체가 폭탄이라도 된 듯, 그의 몸이 요란한 작렬음을 내며 불꽃과 함께 사방으로 흩어졌다.

그 충격음과 섬광을 본 마술사의 제자들은 공포에 질려 몸을 움츠렸다.

순식간에 두 사람이 쓰러졌을 뿐이지만―눈앞에 있는 것은 의심할 여지가 없는 서번트이며 자신들의 손으로는 어찌할 수 없는 존재라는 사실을 뼈저리게 깨달은 것이다.

"이단의 마술사는… 제거한다…."

그녀는 사그라질 듯한 목소리로 중얼거리며 별다른 움직임을 보이지 않고 몇 초간 가만히 있었다.

그것은 제자들이 경계를 풀고 도망치기를 기다리는 것처럼

보이기도 했지만—제자들은 그 길을 선택하지 않고 일제히 등 뒤로 물러나 여자와 거리를 벌린 채 마력을 쏟아붓는 길을 택했다.

하지만 그 광경을 본 검은 옷차림의 서번트는 그들을 동정하듯, 서글퍼 보이기도 하는 눈으로 고개를 가로젓더니—.

가차 없이, 힘이 실린 말을 입에 담았다.

【…몽상수액夢想髓液—자바니야….】

그리고—방 안에 침묵이 찾아왔다.

검은 옷차림을 한 서번트 주위에 있는 것은 마술사들의 시체뿐이었다.

그녀를 향해 마력을 방출하려 했던 자들은 다들 어째서인지 몸이 불타오른 채 바닥에 쓰러져 있었다.

대체 무슨 일이 일어난 것인지 아는 유일한 존재인 서번트는, 여전히 소리 없이 계단을 뛰어 올라갔다.

그 모습을 영체로 바꾸어 아무에게도 보이지 않는 상태가 된 그녀는—.

정처는 없으나 하나의 명확한 목적을 품은 채 밤의 어둠 속을 내달렸다.

×　　　×

　광신자가 바란 것은 증거였다.

　자신은 진정 신앙을 가진 자였노라고, 신의 사도였노라고 말할 수 있을 만한 증거.

　그것을 바라는 것 자체가 미숙함이라는 것을 알아차린 것은 한참 뒤의 일이었다.

　젊었을 무렵의 '그녀'는 신앙의 증거로서 하나의 이름을 얻기 위해 수련을 쌓았다.

　신앙자 무리의 수장이라는 증거인 그 이름을 손에 넣으려면 신의 기적이라 해야 할 힘을 손에 넣어야만 했다.

　하지만 그 기적에는 다소 특수한 제약이 있었다.

　이단자와 신적神敵에게서 신속하게, 그리고 정확하게 목숨을 거두기 위한 기적.

　그녀가 소속된 곳은 그 기적을 추구하는 일파였다.

　암살자의 집단인, 존재 자체가 광신적이라 해도 좋은 무리들.

　하지만 그녀는 그 내부에서조차 '광신자'라 멸시당하는 존재였다.

　과거의 수장들은 이름을 이어받기 위해 타천사의 이름을 지닌 수많은 기적들을 손에 넣어 왔다.

　누구 할 것 없이 그녀의 소행에 눈이 휘둥그레졌다.

선뜻 믿는 자도 없었다.

설마 아직 어린 여자의 몸을 지닌 한 신도가─.

과거에 존재했던 열여덟 명의 기적을, 모두 그 몸으로 습득할 줄이야.

그야말로 피나는 수련을 쌓은 것이 분명했다.

그녀가 누구보다도 순수하게, 의심 없이 그 피를 흘렸다는 것도 명백했다.

하지만 교단에 속한 자들은─그녀가 수장의 이름을 잇는 것을 허락하지 않았다.

"네가 한 짓은 무어냐? 사본의 영역에도 미치지 못하는 '기적의 모방'에 불과하다. 너 자신이 기적을 낳지 못하는 것은, 네 안에 미숙함이 남아 있기 때문일 게다."

그녀에게는 의심할 나위 없는 재능이 있었다.

그것은 과거에 존재했던 모든 기술을 습득하여 그것을 얻기 위한 피의 대가─때로는 자신의 몸을 베고, 도로 끼워 맞추는 등의 고통에도 견딜 수 있는─말하자면 물불을 가리지 않는 노력을 행사할 재능은 있었지만, 자신이 창의적 고찰을 통해 새로운 기술을 만들어 내는 재능은 그다지 없었던 것이다.

하지만 그것은 반쪽짜리 이유에 불과했다. 사실 일반적으로는 하나를 습득하는 데 일생이 걸린다고 전해지는 수많은 기술들. 그것들을 불과 수년 만에 몽땅 습득한 그녀의 재능을 본 많은 이들이 공포를 느끼고 만 탓도 있으리라.

"따라서 너는 미숙하다. 그런 자가 우리 수장의 이름을 잇게 할 수는 없다."

견강부회牽強附會하기 그지없는 그 말에도 그녀는 의심 하나 품지 않고 따랐다.

─그런가, 난 아직 신앙이 부족했던 건가.

─나는 왜 이리도 미숙하단 말인가. 과거의 수장들의 기술을 모욕하고 말았다.

그녀는 그 누구도 원망하지 않고 순수하게 자신의 기술을 계속해서 연마했다.

새로운 수장으로 '백白의 얼굴'이라 불리는 자가 선출되었을 때─.

모든 일을 다 해내는 그 모습을 보았을 때, 확실히 그것은 자신에게는 없는 능력이라는 생각에 그녀는 그 수장을 부러워하지도 않고 그저 자기 자신의 미숙함을 부끄러이 여겼다.

그녀는 결국 아무런 증거도 얻지 못한 채, 그저 광신자로서 역사의 어둠 속으로 사라져 갔다.

그럴 터였으나─.

무슨 운명의 장난인지 제스터라는 남자의 손에 소환된 그녀는 성배로부터 부여받은 지식을 통해 그 즉시 자신들의 운명을 알게 되었다.

자신이 성배를 원하는 것은 이단의 증거인 그 존재를 자신의 손으로 무로 돌려보내는 것.

그녀는 동시에 역대 수장들 중 몇 명이 그 성배를 추구했다는 사실을 알고는―.

그저, 슬퍼했다.

그 수장들을 원망할 마음은 없다. 경멸할 생각도 없다.

그들은 분명 자신보다 신앙 깊을 것이며, 지금도 경의를 표해야 할 존재였다.

원망해야 할 것은 그들을 현혹시킨 '성배전쟁'이라는 존재 그 자체.

그녀는 그것을 몽땅 박살 내기 위해 밤의 어둠을 가르고 성배의 낌새를 쫓아 정처 없이 달려 나갔다.

마술사를 죽인 이상, 마력 공급도 곧 끊기리라.

아직은 마력이 흘러 들어오고 있지만 찌꺼기에 불과하다.

그것이 끊기는 순간, 자신은 사라지리라.

과연 며칠 뒤가 될지, 몇 시간 뒤가 될지, 아니면 몇 초 뒤가 될지―.

하지만 시간 따윈 상관이 없었다.

이윽고 사라질 그 순간까지,

설령 이 몸이 한때의 환상일지라도―.

이름조차 주어지지 않은 어새신은 자신의 행위를 의심하지 않았다.

하다못해 자신이라는 존재에게, 믿는 자에게 주어지는 보답을 얻기 위한 신앙심이 있기를 바라며,

그녀는 아무런 망설임도 없이, 성배전쟁 전체를 적으로 돌리기로 결의했다.

×　　　　×

몇 분 후.

이름 없는 영령이 소환된, 호숫가 별장의 지하실.

그곳에는 시체밖에 존재하지 않았다.

그것은 어새신이 떠남으로 인해 보다 확실한 사실이 되었다.

"크핫."

천진한 웃음소리가 울려 퍼졌다.

하지만 사실은 변치 않았다.

이 방에는 시체밖에 존재하지 않았다.

"크아핫! 크하하하하하핫!"

어린애처럼 진심으로 즐거운 듯한, 그러면서도 어딘지 모르게 뒤틀린 웃음소리가 메아리쳤다.
하지만 역시나 사실은 변치 않았다.
이 방에는 시체밖에 존재하지 않았다.

"이야, 놀랍군! 성배도 참, 엄청난 문제아를 불러들였군그래!"
오른손에 깃든 영주가 반짝이는 남자가 용수철장치 인형처럼 뛰어 일어났지만―.
"아름답군…."
―성배의 힘으로 거미라도 일으켜서 시시한 세상을 멸망과 함께 버텨 볼까 했건만….
―설마 내 안에 아직 '감동'이라는 인간의 잔재가 남아 있었을 줄이야!
남자가 진심 어린 감동으로 몸을 떨건 말건―.
사실은 역시나 변치 않았다.

이 방에는 시체밖에 존재하지 않았다.

따라서 그것이 사실인 이상―기뻐하며 쿨럭이는 마술사, 제스터 카르투레가 현 단계에서도 시체라는 사실에는 변함이 없었다.

"어여쁘다? 순미醇美하다? 요미妖美, 팔면영롱八面玲瓏, 청초, 풍광명미風光明媚, 큐트Cute. 못쓰겠군. 남아도는 시간 동안 시 읊는 법을 더 배워 뒀어야 했는데! 그녀의 신념을 형용할 말이 떠오르지 않아!"

제스터는 뜻밖의 기쁨으로 설레는 가슴을 안고, 주변에 여전히 '평범한 시체'가 널브러져 있는 것도 개의치 않고 이 세상에 봄이 온 것만 같은 표정으로 자신의 상의 단추를 풀었다.

풀어헤친 가슴께에 나타난 것은 영주와는 전혀 다른, 마술적인 인상이 풍기는 문신이었다.

그의 몸에는 마치 리볼버 탄창처럼 여섯 개의 붉은 문양이 원형으로 늘어서 있었다.

다만 그중 하나, 왼쪽 가슴 부분에 위치한 문양만이 거무칙칙하게 변색되어 있다.

"마술사로서의 개념핵을 이렇게나 간단히 **으깨 죽이다니!** 나는 마술사로서 방심하지 않았다! 하지만 거기에는 아무런 의미도 없어! 설령 나보다 훨씬 힘 있는 존재였다 해도 저 팔은 모든 것을 무로 돌려놓았겠지!"

제스터는 검게 변색된 문양에 손가락을 가져다 대더니 손톱 끝을 피부에 푹 박아 넣었다. 이상하게도 피 한 방울 나지 않았다. 그는 피부색의 진흙 속에 손을 파묻듯 자신의 내부를 **휘적휘적** 휘저었다.

"마술사로서의 혼은, 완전히 죽었다."

다음 순간, 그 문양이 꿈틀대더니 수레바퀴, 혹은 그야말로 리볼버처럼 세차게 회전하여 검은 문장은 왼쪽 옆구리 쪽으로 이동하고 그것과 교체되듯 새로운 빨간색이 왼쪽 가슴에 **장전되었다.**

"그렇다면 지금부터는 다른 얼굴을 쓰도록 하지."

그러자 놀랍게도—문양의 변화에 맞춰 그의 체형이며 얼굴 생김새까지 맥동하여 조금 전까지와는 다른 남자의 겉모습으로 변화해 버렸다.

그리고 가슴팍에서 손가락을 **빼낸** 남자는 황홀한 표정으로 옆구리의 검은 각인을 쓰다듬었다.

"이 개념핵에도 마술적 방호를 몇 중에 걸쳐 걸어 뒀건만, 저 붉은 팔은 그 모든 것들을 완전히 허무의 저편으로 밀쳐 내고 생명의 중심에 그 손톱을 박아 넣었지…. 단순명쾌하고도 흉악한 독수毒手로다! 하지만 그렇기에 아름답군! 저게 보구라는 것인가!"

주변에 널브러진 시체들을 향해 낭랑하게 말했지만 당연히 반응은 없었다.

"그나저나 저 가공할 기술을 저토록 망설임 없이, 심지어 연속으로 행사할 줄이야. 나 이외의 자… 평범한 마술사의 마력이었다면 진작 힘이 다했을 테지."

남자는 지나치게 날카로워 보이는 송곳니를 씨익, 하고 드러내며 황홀경에 젖어 시체들이 가득한 제단에서 혼잣말을 했다.

"아직 시시한 세상이라며 좌절할 필요는 없을 것 같군…. 저 아름다운 암살자를! 그 신념을! 이름도 없는 채로 스러지게 둘쏘냐!"

그것은―그녀의 기억을 아는 자만이 할 수 있는 말이었다.

마스터는 마력의 통로를 통해 꿈 등의 형태로 서번트의 사념思念과 기억, 과거를 읽는 경우가 있다고 한다.

"아니! 그런 **아까운** 짓을, 누가 인정할 줄 알고?!"

그것이 진실이라면 제스터는 죽음에 이르며 그녀의 꿈과 신앙을 엿보았다는 뜻이었다―.

"내가 이름을 주마! 저 아름다운 얼굴을, 영혼을, 힘을, 신념을… 더럽히고, 모독하고, 폄하하고, 굴복시키고, 타락시킨다! 그 이상의 쾌락이 또 있을까!"

그는 하염없이 웃으며 그 웃음 속에 서서히 사악한 빛을 섞어 넣었다.

"즐겁겠구나! 덧없겠구나! 아름답겠구나! 저 아름다운 서번트를 굴복시키고 신앙을 박살 내고, 그 힘을 몽땅 빨아냈을 때 그녀가 보일 표정은!"

제스터의 고양감에 고동을 맞춰, 그의 발치에서 그림자가 뻗어 나갔다.

남자의 몸에 떠오른 문신과 같은 색을 띤, 한없이 짙은 붉은 색 그림자가.

이윽고 그 붉은 그림자는 주변에 흩어진 제자들의 시체에 들러붙더니 느닷없이 바닥에서 떨어져, 붉은 파도가 되어 무수한 시체들을 뒤덮었다.

다음 순간, 그림자는 다시 제스터의 몸으로 돌아오기 시작했다. 더욱 붉어진 빛을 번뜩이며.

불과 몇 초 만에 백골로 변한 제자들의 주검에는 아무런 미련도 없다는 듯이.

"성배? 세상의 멸망? 그도 좋지! 인정하지! 하지만 시답잖아! 그녀의 절망 앞에서는 쓰레기나 다름없어!"

그리고―.

살아 있는 시체, '흡혈종吸血種'이라 불리는 그 존재는, 시체의 눈을 생기로 형형히 빛내며 서번트의 피 맛을 상상하고는 절정에 달했다.

"성배가 보기에는 이단인 자들끼리 사이좋게 지내 보자고! 쿠아하…. 크아하하하하하하하하하하하!"

이렇게, 정식 계약도 나누지 않은 채―.

어새신의 마스터는 성배전쟁 속에 독의 어둠을 퍼뜨렸다.

웃으며, 하염없이 웃으며―――.

프롤로그 Ⅳ
『캐스터』

어두운 방이었다.

희미한 불빛이 새어 들어오는 커튼 틈으로는 옆에 우뚝 선 고층 빌딩의 옥상이 보였다.

그 뒤로 보이는 풍경으로 보아, 그 방 역시 스노필드 안에 있는 것들 중에서도 상당히 높은 곳에 위치해 있다는 사실을 짐작할 수 있었다.

창밖에는 별빛이 펼쳐져 있다.

그 어렴풋한 빛에 비친 실내는 근대적인 사무실처럼 보였다.

책상 같은 가구는 몇 개밖에 놓여 있지 않았지만 그 위에 놓인 컴퓨터며 천장에 설치된 에어컨 등이 이곳 역시 '성배전쟁'의 무대 일부라는 사실을 잊게 했다.

형광등을 켜지도 않은 채―그 방의 주인은 넓은 공간 안에서 늠름한 목소리로 말했다.

이 도시가 더는 부정할 수 없을 정도로 '성배전쟁' 그 자체가 되었음을 증명하기라도 하듯.

"흠…. 다른 다섯 명의 서번트는 현현한 모양이군."

묵직한 남자의 목소리에 방 안 어둠 속에서 경직된 목소리가 답했다.

"네. 현재 마스터와 함께 정체가 확인된 것은 '영웅왕'을 거느린 티네 체르크 한 명뿐입니다. 저희가 공동전선을 제의할 예정이었던 쿠루오카 부부와는 연락이 되지 않고 있으며 다른 마술사들로 말씀드리자면 몇 사람이나 도시로 들어온 것이 확인되었습니다만… 유감스럽게도 영주가 깃들었는지까지는 감지할 수 없었습니다."

"그런가. 도시 전체의 감시 시스템도 의외로 쓸모가 없군."

기대가 어긋난 것에 따른 짜증을 숨길 뜻도 없어 보이는 남자의 말에 보고 담당자는 담담히 말을 이어 갔다.

"백주대낮에 공원에서 당당히 서번트를 소환하고 영주를 바라보고 있는 마술사가 한 명 있었습니다만… 결국 서번트는 기묘한 환영을 보이기만 하고 모습을 드러내지 않아, 일광욕을 하는 동안 붙여 두었던 감시는 보기 좋게 허탕을 쳤습니다. 얼간이인 줄 알았더니 아무래도 상당히 **유능한** 마술사인 모양입니다."

"영령의 성질 등도 못 알아냈나?"

"네, 특히 처음에 현현한 영령으로 말씀드리자면 감시의 눈을 번뜩이며 온 도시를 지켜보고 있습니다만 흔적조차 보이지 않습니다. 현현한 것은 분명한 것 같습니다만, 그 '기점'조차 파악이 안 되는 상태입니다."

"흠…. 정부 녀석들이 선전이다 뭐다 하는 쓸데없는 짓을 하지만 않았어도."

아마도 일전의 란갈과 팔데우스의 대화에 대해 말하는 것이리라.

하지만 보고 담당자는 고개를 가로저으며 그 말을 부정했다.

"아닙니다, 그게… 최초 현현은 그의 '선전활동'과 거의 같은 시각에 이루어졌습니다."

"…그렇다면, 그것이 쿠루오카가 불러낸 영령일 가능성이 가장 크겠군."

남자는 조용히 의자에서 일어나 벌레라도 씹은 듯한 표정으로 말을 이었다.

"뭐, 됐다. 어차피 최대의 장해물은 영웅왕일 테니. 그것만 제거해 버리면 그만이야."

"넷!"

그대로 방 안에 침묵이 찾아오는가 싶었으나―문득 창가 쪽 책상에 놓인 전화기가 울렸다.

방의 주인으로 보이는 남자는 내키지 않는 표정으로 수화기를 집어 지극히 사무적인 목소리로 입을 열었다.

"…나다."

[여어. 잘 지내시나, 형씨!]

수화기에서 들려온 목소리에 남자는 노골적으로 눈살을 찌푸리며 대답했다.

"캐스터인가…. 무슨 일이지."

[무슨 일이긴! 그 뭣이냐! 지금 살짝, TV에서 본 건데 말야! 이 나라에는 하룻밤 안으려면 몇 백만이나 드는 무진장 좋은 여자가 있다는 게 정말이야?!]

"…그렇다면 어쩔 거지?"

[오늘 밤에 좀 불러 주라, 형씨.]

직설적이기 그지없는 통화 상대의 말에, 방의 주인인 남자는 노골적으로 뺨을 실룩거렸다.

"네놈과 형제가 된 기억은 없다."

[뭐야, 나랑 형제의 잔을 나눈 걸 잊은 건 아니겠지? 형제의 잔을 나눈다는 거, 꽤 멋진 말 같지 않아? 인터넷으로 조사해 보니 동양인들이 자주 그런다던데. 마음에 들었어!]

"…네놈은 영령으로서 마스터인 나와 계약했다. 그 이상도 그 이하도 아니야."

남자는 관자놀이를 꿈틀거리며 수화기를 꽉 움켜쥐었다.

그 손등에는 사슬을 연상케 하는 디자인의 영주가 또렷이 떠올라 있었다.

요컨대 지금 전화 중인 상대는 그의 서번트라는 뜻이었지만 마스터와 전화로 대화를 해야 하는, 다소 기묘한 거리를 두고 존재하고 있는 듯했다.

영령이라 불린 서번트는 [뭘 모르는구먼.] 하고 중얼거리더니 머신 건 같은 기세로 마스터를 향해 말 덩어리를 쏟아 냈다.

[착각하지 말라고. 내 일은 영웅을 만들어 내는 거야. 결코 나 자신은 영웅 같은 게 아니라고. 단, 나를 영웅처럼 떠받드는 건 환영이야. 여자가 그래 준다면 더더욱 좋겠고. 확실히 여자를 백 명 안아서 애새끼를 천 명 배게 했던 건, 인기 없는 남자 놈들 눈에 영웅처럼 보였을 수도 있겠지만 말야!]

"3초면 간파할 수 있는 허풍 좀 그만 떠시지. 그런 거짓말을 늘어놓을 틈이 있거든 냉큼 작업이나 계속해라."

[으아~! 그 짓을 더 하라고? 조금은 내 사정 같은 것도 좀 생각해 줬으면 하는데! 잘 들으라고, 내가 성배에 바랄 소원이라고 해 봐야 맛난 밥과 좋은 여자 정도야. 그보다 나는 이 전쟁에 참가한 녀석들이 어떤 드라마를 만들어 내고 어떤 결말을 맞이할지, 그걸 보고 싶은 것뿐이라고! 그런데 뭐가 어째? 이대로 가면 결말을 보기 전에 발광해 버릴걸?!]

마스터는 한숨을 내쉬며 소리 높여 불평등함을 주장하는 서번트를 어르고 달랬다.

"여자도 식사도 편의를 봐주지. 그러니 네놈은 냉큼 보구승화寶具昇華 작업을 계속해라."

[이것 참, 재미없는 자식 같으니. 애초에 사람을 불러내 놓고 전문분야에서 벗어난 일을 강요했다는 사실을 잊지 말라고. 애초에 말이지, 모조품 만들기라면 더 적임인 녀석이 있잖아! 어제 인터넷으로 다 조사해 봤다고. 엘미르 드 호리인지 뭔지 하는 녀석이라든지 말야! 게다가 잘은 모르겠지만 좌우간 엄청난 마술을 써서 무한으로 복제할 수 있는 녀석도 있다는 소문을 들었는데?]

"평범한 모조품이어서는 의미가 없다. 원전을 초월하지 못하면 영웅왕의 창고를 감당할 수 없으니까."

[핫! 내 어레인지력ヵ을 평가해 주겠다 이거구먼! 기뻐서 눈

물이 다 나네! 죽어! 아아아아, 이럴 줄 알았으면 표절 소동 때 농담으로 '진짜보다 내 게 더 재미있지?' 같은 소릴 하는 게 아니었는데. 설마 100년도 더 돼서 클레오파트라랑 양귀비를 품에 안고 자던 사람을 깨워다 호되게 부려 먹을 줄이야. 이런 얘긴 안 팔려. 기도 안 차서, 원.]

마스터는 감정을 억제하며 역시나 단번에 거짓말이라는 것을 알 수 있는 푸념을 늘어놓는 서번트에게 말했다.

"착각하지 마라. 너를 선택한 건 딱히 그 **진위 여부가 불투명한 일화** 때문이 아니니. 순수하게─전설을 웃도는 전설을 만들어 낼 수 있는 인물이라 판단했기 때문이다. 아무리 완성된 전설이라 해도 그것에 덧씌워 진실로 만들 만큼의 힘이 있다고 생각했던 것뿐이란 말이다."

[헹! 남자한테 칭찬받아 봐야 하나도 안 기쁘거든. 방금 전 말을 대본으로 써서 당신 부인한테나 읽어 주라고. 잠자리 정담으로는 딱이지! 아아, 그 전에 대본으로 쓰면 나한테 한 번 가져오라고. 난 본래, 전설 같은 것보다 완성도 떨어지는 대본을 고치는 걸 더 잘──.]

남자는 상대의 말을 끝까지 듣지 않고 조용히 수화기를 내려놓았다.

말의 홍수가 떠나가자 방 안은 마치 공기 자체가 싹 교체된 듯이 고요해졌다.

방의 주인인 남자는 방금 전 대화 같은 건 존재하지 않았다

는 듯이 서늘한 표정으로 어둠이 이어진 방 안쪽을 향해 예리한 목소리를 날렸다.

"영웅왕 길가메시…. 녀석의 보구 중에서 가장 성가신 건 무한한 검과 무한한 창고라 들었다."

남자는 다시금 의자에서 일어나 뒷짐을 진 채 천천히 방 안을 거닐기 시작했다.

"그렇다면 이쪽도 숫자로 밀어붙이는 수밖에. 녀석이 검을 뽑기 전에. 무슨 수를 써서든 허점을 만들어 내, 정정당당히 모살謀殺하는 거다."

남자는 한 걸음, 또 한 걸음 내딛을 때마다 이상한 위압감을 풍기더니 어둠 그 자체에 초조함을 불어넣었다.

"하지만 그냥 숫자로 밀어붙인다 해서 이길 수 있는 것도 아니다. 애초에 영령에게는 물리적인 공격이 통하지 않는 데다 순수한 완력만 해도 일류 운동선수들을 압도적으로 상회하니. 아아, 내가 소환한 캐스터는 예외지만. 아마도 주먹다짐을 하면 내게도 승산이 있겠지… 뭐, 그건 차치해 두고."

그는 쓸데없는 소리를 했다는 듯 눈길을 돌리더니 정신을 가다듬고서 다시 걸음을 옮겼다.

"하지만… 반대로 인간의 몸으로 보구를 다룰 수 있다면?"

성배전쟁에서 '보구'란 영웅들이 저마다 지닌, 그야말로 신업神業이라 불러야 할 와일드카드였다. 야마토타케루 전설에 등장하는 아메노무라쿠모노츠루기*와 같이, 그것은 그야말로 영웅들의 상징이자 각자의 힘을 최대한으로 끌어낼 수 있는 물건이었다.

당연히 총기점이나 골동품 가게에 진열되어 있을 리도 없으니, 서번트를 소환한다는 행위는 굳이 말하자면 '보구를 소환한다'고 바꿔 말할 수도 있었다―. 그 정도로 보구의 존재는 전쟁의 향방을 크게 좌우할 수 있다.

"게다가 그러한 무구들이 모든 보구의 원전을 상회하는 힘을 지녔다면?"

어둠 끝까지 도달한 남자는 벽에 닿기 직전에 멈춰서―.

영주가 떠오른 오른손을 내밀어 스위치를 눌러 방의 조명을 켰다.

그리고 급격히 빛을 되찾은 방 안에 떠오른 것은―.

넓은 방의 좌우에 정렬한 검은 제복 차림의 집단이었다.

검은 제복이라 한들 당연히 일본에서 온 학생이 아니라― 허리에 찬 장비가 특징적인, 그야말로 권력의 상징이라 할 수 있는 집단이었다.

남녀가 무작위하게 뒤섞여 있는, 총 서른 명 남짓으로 구성

※아메노무라쿠모노츠루기(天叢雲劍) : 일본서기에 등장하는 검으로 스사노오가 야마타노오로치를 쓰러뜨리자 그 꼬리에서 나타났다고 전해짐. 야마토타케루가 스루가에서 화공을 당할 뻔하자 검이 저절로 칼집에서 빠져나와 풀을 벤 덕에 위기를 벗어났다는 일화가 있음.

된 경관들.

딱딱한 위압감을 주는 제복으로 몸을 감싼 그들의 손에는—
저마다 다른 종류의 장비가 쥐어져 있었다.

이 얼마나 이상한 광경이란 말인가.

무표정하기 그지없는 제복 경관들이 몹시 진지한 얼굴을 하
고 검이며 활, 방패, 창, 사슬, 낫, 곤棍 등을 쥐고 있었다. 그
것도 허리에는 수갑과 권총을 찬 채. 그것은 안 어울린다는 평
가를 훌쩍 뛰어넘어 우스꽝스럽다는 인상마저 주었다. 개중에
는 금빛 화승총 같은 무기를 짊어지고 있는 자까지 있어, 지금
부터 경찰이 지역 진흥을 위한 쇼를 시작하겠다는 소리라도 내
뱉을 것만 같은 분위기였다.

하지만—다소 센스가 있는 마술사가 그 광경을 봤다면 웃기
는커녕 졸도했을지도 모른다.

그들이 들고 있는 그 무기들은 방 안에 가득한 공기 그 자체
를 침식할 듯한, 마력과 영기가 어우러진 힘으로 넘쳐 나고 있
기 때문이다.

그 보구들은 모두 다 모조품이었다.

하지만 그 힘은 전설조차 상회한다.

"—'이십팔 인의 괴물—클랜 칼라틴'—."

"일찍이 켈트 전승 속에서 쿠 훌린과 맞섰던 전사의 이름.

오늘부터 이것이 자네들의 코드네임 같은 것이라 생각하도록."

자신의 좌우에 늘어선 압도적인 '위화감'의 대열을 만족스럽게 바라보며—.

스노필드의 경찰서장인 남자는 두 손을 펼치고 소리 높여 선언했다.

"흔해 빠진 말이기는 하지만 경찰서장인 내가 보증하겠다. 마술사로서 확약하겠다."

"자네들은 정의다."

그 말을 들은 경관들의 대열은 일제히 발을 구르더니 완벽하게 조화가 이루어진 움직임으로 자신들의 마스터인 경찰서장이자 스승이기도 한 마술사에게 일제히 경례를 올려 보였다.

그 동작만 봐도—눈썰미 있는 자는 알 수 있으리라.

그들이 결코 평범한 경찰이 아니라 경찰로서 해야 할 수련 외에도 뭔가 특별한 것을 단련해 온 집단이라는 사실을.

온 도시에 물리적인 '그물'을 치고 있는 경찰기구.

그들이 서번트에게 의지한 것은 휘하 마술사들의 협력을 얻어 '보구를 작성'시켰다는 부분뿐이었다.

요컨대 그들은—.

인간의 손으로 영령들을 때려눕힌다는, 성배전쟁의 근본을 뒤흔드는 길을 선택한 것이다.

과연 어떠한 결말이 그들을 기다릴지—.

캐스터로서 소환되었다는 남자는 아직 그 이야기를 매듭짓지 못했다.

×　　　×

하지만.

매듭지어지지 않은 이야기에도 관객은 존재했다.

짝짝짝. 경관들이 떠나고 난 방에 귀여운 박수소리가 울려 퍼졌다.

경찰서장은 그쪽으로는 시선도 주지 않은 채 지긋지긋하다는 투로 중얼거렸다.

"…뭐 하러 왔지."

작은 동물의 영혼 정도는 찌부러뜨릴 듯한 압박감을 목소리에 실어, 노골적인 혐오를 표했다.

그러자 박수소리의 주인공이 방의 그늘 속에서 살며시 얼굴을 들이밀었다.

"어라라라, 뭔가 반응이 차가운걸? 볼일 없는데 오면 안 돼?"

그것은 10대 중반을 약간 넘긴 것으로 보이는 소녀였다.

흑과 백을 토대로 한 고스로리풍의 복장으로 몸을 감싼 채, 실내임에도 불구하고 장식이 과하게 들어간 우산을 손에 들고 있었다.

"적어도 외부인이 들어와도 되는 장소는 아니지."

"헤에, 날 외부인이라고 부르다니~. 아주 잘나지셨네, 신참군."

소녀는 우산을 휘두르며 키득키득 웃었다.

토라진 듯한 말과는 달리 언짢은 낌새는 전혀 느껴지지 않았다.

"그나저나 좀 전에 한 말은 걸작이었어. 뭐라고 했더라? '자네들은 정의다'였던가~? 엄청난 명연기였어. 내가 골든 래즈베리 시상식* 심사원이었다면 망설임 없이 남우주연상으로 뽑았을 거야!"

"연기로 한 소리는 아니다. 진실을 말했을 뿐이지."

"어라? 어라라? 혹시 자기들이 정말로 정의라고 생각하는 거야? 이 장대한 사기를 준비한 측에 있는 당신이?"

"그렇다."

서장이 담백하게 대답하자 소녀는 깔깔대고 웃기 시작했다.

※골든 래즈베리 시상식 : 골든 아카데미 시상식 전날 '최악의 영화'를 선정하고 각 부문 '최악'을 뽑는 시상식.

"진짜 끝내준다! 그 철면피, 존경스러워! 애국심하고는 살짝 다른 거지? 정말로 이 나라를 사랑한다면 이런 짓을 정의라고 하진 않았을 것 아냐!"

"확실히 나는 애국자도, 경건한 신도도 아닐지 모른다. 하지만 믿어야 할 것을 믿으며 행동했다는 자부심은 있다."

서장은 마치 소녀가 아닌 자기 자신을 납득시키듯 말을 이었다.

"뭐, 우리의 정의가 성배에게도 그렇다고는 말하지 않겠다. 상황에 따라서는 협회와 교회뿐 아니라 성배전쟁 시스템 그 자체를 적으로 돌려야 할 테니."

소녀는 강한 각오를 담아 자아낸 말을 비웃듯, 손을 팔랑팔랑 흔들며 입을 열었다.

"괜찮아, 괜찮아. 이 성배전쟁에 조정자─룰러는 오지 않을 테니까."

"뭣이?"

다음 순간, 소녀의 웃음에 담긴 빛이 확 바뀌었다.

"진짜 성배전쟁으로 전환된 뒤에 조정자가 온다 해도 늦을 거야."

천진한 미소라는 점에는 변함이 없었지만, 지금은 어린애가 거미의 행렬을 리드미컬하게 짓밟을 때와 같은, 잔혹한 빛으로 표변해 있었다.

"스노필드의 성배전쟁은 가짜에서 진짜로 승화되어, 정도에서 벗어날 거야. 그렇게 되면 조정자는 막을 수 없고, 개입조차 할 수 없어. 아주 마음껏 성배전쟁을 능욕할 수 있다고!"

그녀는 황홀감에 젖어 거친 숨을 몰아쉬며 의기양양하게 말했다.

"이건 굉장한 일이라고. 그 성처녀를 한 번 더 능욕해서 돼지 먹이로도 쓸 수 없는 잿더미로 만들어 버릴 수 있다니! 아아! 굉장해! 최고야! 역시 왔으면 좋겠어, 와 주지 않으려나, 조정자! **그때**는 마음이 꺾이지 않았지만, 이번에는 일을 다 끝마친 영웅이 아니라 임무를 완수하지 못한 성배의 조정자로서 죽는 셈이니 분명 분통이 터질 거야!"

그녀는 거기까지 말하더니 문득 다시 미소를 짓고 차분한 태도로 돌아와 서장에게 물었다.

"이거, 무지 멋진 일 같지 않아?"

하지만 서장의 반응은 쌀쌀맞기만 했다.

"…찬미할 필요가 있다면 그렇게 하겠지만 그럴 만한 행위는 아닌 것 같군."

"딱딱하긴~. 아주 고리타분해~. 정의의 사도 노릇하는 거, 안 피곤해?"

소녀는 우산을 빙글빙글 돌리며 비아냥거리는 투로 말했다.

"악인惡人인 척하면 얼마나 편한데~. 무슨 짓을 해도 '난 악인이니까'라는 말로 때우면 되니까. 미친 척해도 편해진다~? 무슨 짓을 해도 몽땅 '난 미쳤으니까'라는 핑계로 때우면 그만이니까."

그리고 그녀는 끝으로 짓궂게 눈웃음을 지으며 야유 섞인 말을 중얼거렸다.

"아, 그건 정의도 마찬가지였구나! 미안, 미안!"

소녀는 그대로 등을 돌렸다가 문득 멈춰 서더니 서장 쪽을 돌아보며 물었다.

"아, 그래, 그래. 가짜 캐스터 씨, 여자 필요하시다고? 그럼 내가 가서 상대해 줄까?"

"쓸데없는 짓 말고 빨리 본부로 돌아가라."

살의나 다름없는 무시무시한 노기怒氣를 품은 말을 들은 소녀는 어깨를 으쓱하며 다시 그에게 등을 돌렸다.

"네에, 네. 그럼 난 내 차례가 올 때까지 얌전히 있을게…."

그대로 평범하게 문을 열고 나간 소녀를 배웅한 뒤, 서장은 한마디를 내뱉었다.

"계속 그렇게 흑막이라며 거드름이나 피우고 있어라, **꼰대**."

하지만 그 얼굴에는 미소는커녕 아무런 여유도 담겨 있지 않아—.

누군가가 봤다면 '패자의 뒷말'이라 생각할 법한 한마디였다.

하지만 설령 패자의 뒷말이라 해도 그의 마음에는 한 점의

부끄럼도 없으리라.

　그의 신념은 이미 자신의 자존심이나 목숨마저도 능가하는
곳에 있으니.

프롤로그 V
『라이더』

결론부터 말하자면 '그'는 이질異質 그 자체였다.

이번 '거짓된 성배전쟁'에 현현한 라이더의 서번트.

그 존재는 그야말로 이 성배전쟁이 가짜이며 '성배'라는 말과는 동떨어진 존재라는 것을 증명하고 있다 해도 좋을 것이다.

말이 좋아 영령이지 그 존재는 영웅으로 분류되는 것이 결코 아니었다.

그렇다면 악령, 사령 같은 것인가? 라고 누군가가 묻는다면, 그 말에도 순순히 긍정할 수 없으리라. 종교와 지역에 따라 '그'는 '저주'라 불렸고, 다른 교의에서는 '신벌'로 표현되었다.

서번트라는 것은 과거에서 미래, 이 지구상의 역사에 존재하는 모든 시대 속에서 선출된다.

소환할 영령들이 머무는 '자리'에 시간의 개념 따위는 존재하지 않는다. 과거의 전설적 영웅을 불러내는 일도 있는가 하면 아직 태어나지 않은 영웅의 영혼을 불러들이는 일도 있다. 만약 아마쿠사 시로*가 살았던 시대에 성배전쟁이 일어난다면 아마쿠사 시로가 영웅의 우상으로서 힘을 얻은 후세의 자기 자신을 불러내고 말 가능성도 있는 것이다.

하지만 그런 의미에서―'그'는 까마득한 태곳적부터 존재하

※아마쿠사 시로(天草四郎) : 에도시대 초기의 기독교 신자이자 시마바라의 난의 지도자.

였고 아마도 머나먼 미래까지도 계속 존재할 것이다. 그 누구
보다도 명이 짧으며 그 누구보다도 명이 길다 할 수 있는 존재
로서.

그리고 영령이 아닌 상태로 현재도 물리적으로 존재하는 쪽
의 '그'는―.

이 순간에도―쉬지 않고 이 별에 사는 생명을 앗아 가고 있
다.

어쩌면 자신을 새로운 생명의 양식으로 삼기 위해.

×   ×

어쩜 이렇게 예쁠까.

그것이 눈앞에 펼쳐진 광경을 본 한 소녀의 감상이었다.

장소는 익숙했을 터인 도시.

자신이 나고 자란 도시. 수많은 건물이 경쟁이라도 하듯 하
늘을 향해 뻗어, 땅에서 걷는 이쪽을 푸른 하늘과 함께 집어삼
킬 기세로 우뚝 솟아 있었다.

편도 3차로 간선도로의 교차점. 스노필드 시의 중심 부근에
존재하는 이 교차점은 남북과 동서를 관통하는 각각의 도로가
엇갈려 있어 상공에서 보면 도시 중심에 거대한 십자가가 떠올
라 있는 듯 보이는, 그야말로 '도시의 중심지'라 해야 할 장소

였다.

이 대로大路만 보면 뉴욕이나 시카고와 어깨를 나란히 할 수 있는 도시라 볼 수도 있으리라. 그 정도로 이 대로는 두드러지게 발전을 이루어 도시 주변에 펼쳐진 자연과 어우러져서 마치 자연의 일부―아니, 자신이야말로 자연의 완성형이라 주장하고 있는 듯했다.

하지만―위화감이 들었다.

그 위화감이야말로 소녀가 익숙할 터인 광경을 보고 아름답다고 느낀 이유였다.

소녀가 서 있는 곳은 도시의 중심인 교차점에서도 중심.

스크램블 교차점의 횡단보도가 뒤엉킨 장소였지만 당연히 그곳은 멀거니 서 있을 수 있는 장소가 아니었다.

하지만 그녀는 벌써 10분도 더 그 장소에 서 있었다.

신호는 몇 번이나 바뀌었다.

하지만 그녀 주변에서는 클랙슨 소리 한 번 나지 않았다.

그럴 만도 했다―.

그녀가 보고 있는 광경 속에서는 인간이라는 존재가 완전히 사라져 있었기 때문이다.

아무도 없는 교차점.

차는 한 대도 다니지 않았다.

과연 그녀는 소리는커녕 냄새도 존재하지 않는다는 사실을 알고 있을까.

도로 중심에서 보는, 인기척 없는 간선도로.

소녀는 아스팔트 색의 레드 카펫이라는 모순된 것을 상상하며 그 직선적인 건물들의 아름다움에 압도되었다.

사람들이 없을 뿐인데 인간의 상징인 콘크리트 덩어리가 지면에서 솟은 아름다운 자연물처럼 느껴졌다.

건물들을 수목으로 가정하면, 이토록 웅대하고 조화로운 숲이 또 있을까. 그리고 저 카지노가 있는 가장 높은 건물은 장로 나무라 할 수 있지 않을까.

어째서 자신이 이런 곳에 있는지는 모르겠다.

모르면 모르는 대로 그녀는 이 상황에 대해 알기 위해 하염없이 도시 안을 배회하고 다녔다.

하지만 그것은 동시에 슬픔이기도 했다.

사람이 없는 세계라는 것을 아름답다고 생각할 수는 있었지만─쓸쓸해 보인다는 생각도 들었다.

처음에는 쓸쓸함밖에 느껴지지 않았지만 그것도 며칠 만에 익숙해지고 말았다.

그렇다. 그녀는 이미 이 사람이 없는 도시에서 매우 오래도록 방황하고 있었다.

3개월 정도 지낸 시점에서 일일이 날짜를 세던 것을 멈췄다.

어째서인지 공복감에 휩싸이지도 않아, 소녀는 그저 하염없이 도시를 방황하고 다니다 해가 저물면 잤다.

밤이 되면 사람이 존재하지 않을 터인 건물들에 빛이 밝혀지고 지상의 별 하늘이 되어 소녀의 마음을 연신 위로해 주었다. 사람이 없는 건물의 빛만큼 꺼림칙한 광경도 없을 테지만, 소녀는 이미 사람이 없다는 이상한 상황에 완전히 익숙해지고 만 것이다.

쓸쓸함마저 옅어지기 시작해, 마음의 여유가 생기자 소녀의 눈에는 무인도시라는 것이 무척 아름다워 보였다.

한동안 도시를 바라본 뒤, 소녀는 자신의 교차점 한가운데에 벌렁 드러누워 멍하니 하늘을 바라보았다.

―아빠, 엄마.

부모님의 얼굴이 떠올랐다.

―죄송해요. 내가 제대로 못 해서.

사죄의 말이 자연스럽게 나왔다.

하지만 그녀는 딱히 자신이 지금은 아무것도 하고 있지 않다는 사실을 떠올리고는―.

두 개의 감정을 기억해 냈다.

하나는 사람과 만나지 못하는 이 상황에 의한 쓸쓸함.

나머지 하나는――.

×   ×

스노필드 중앙병원.

스노필드 시의 중앙구에 존재하는 거대한 흰색 건조물.

얼핏 보면 미술관처럼 생겼지만 그곳은 도시 내에서도 최고의 설비를 갖춘 큰 병원이었다.

외과에서 심료내과心療內科에 이르기까지 수많은 환자들이 치료를 위해 그 문을 두드리는 희망의 성.

하지만 당연히 자신의 의지와는 상관없이 그곳을 찾는 자들도 수없이 존재했다.

"…역시 따님이 향후에 의식을 되찾기는 힘들 거라 말씀드릴 수밖에 없을 것 같습니다."

여의사의 말에 눈앞에 있는 남녀는 서로의 얼굴을 마주 보았다.

연령은 서른 전후일까. 동양인인 듯한 그 부부는 적잖이 동요한 표정을 보이더니, 그중 남편 쪽이 유창한 영어로 물어 왔다.

"오늘로 딸이 입원한 지 1년이 되는데… 그건, 악화됐다는 말씀이십니까?"

"…아뇨, 육체적으로는 현저하다 할 수 있는 악화사례가 없습니다. 다만 의식 회복이라는 점에 있어서는 시간이 지나면 지날수록 가능성이 낮아집니다."

그녀가 담당하고 있는 환자는 이미 1년 가까이 입원한 채 의식을 되찾지 못하고 있다. 완전한 식물 상태가 된 채 몸의 성장만이 천천히 이루어지고 있는 상태의 소녀였다.

나이는 이제 열 살 하고도 3개월밖에 되지 않았다.

대체 무슨 일이 있었던 건지 소녀는 갑자기 의식을 잃은 채 눈을 뜨지 않게 되어 부모가 허둥지둥 병원으로 데리고 왔었다.

검사 결과 소녀의 체내, 특히 뇌 주변에 미지의 병소病巢가 점재하고 있는 것이 확인되었다.

그 병소의 일부를 적출해 검사한 결과—그것은 미지의 세포가 일으킨 것으로 확인되어 병원은 감염 가능성 등을 두고 가벼운 혼란 상태에 빠졌었다.

하지만 그 세포에서 감염성은 판정되지 않았고 대체 어째서 소녀의 몸을 좀먹은 것인지도 모르는 상태이다. 시설이 충실한 시외 병원에서 검사를 해 보자는 의견도 있었지만 어째서인지 거절당해, 이 시내 병원에서 경과를 관찰하는 모양새가 되었다.

"세균이 변이한 낌새도 없습니다만, 뒤집어 말하자면 앞으로도 따님의 뇌 활동을 저해할 거라는 뜻입니다. 뇌 조직을 괴사

시킬 정도의 대미지를 주지도 않고, 그저 뇌 활동만 느슨하게
저해하고 있는 상태입니다."

여의사가 침통한 표정으로 말하자 아내 쪽이 불안한 투로 말
을 자아냈다.

"그런가요⋯."

"하지만 가능성이 없는 건 아닙니다. 식물인간 상태가 되었
다가 10년 이상 경과해서 의식을 되찾은 환자의 예도 있습니
다. 세균의 DNA 해석이 진행되면 길이 열릴 가능성도 있습니
다. 모쪼록 상심하지 마시길."

여의사가 어떻게든 낙담할 두 사람을 격려하고자 말을 토해
내자―.

환자의 아버지는 여전히 불안한 표정으로 한 가지 질문을 입
에 담았다.

"딸의 의식은 둘째 치고⋯ 생식기능은 무사합니까?"

"⋯네?"

순간, 질문의 내용을 알아듣지 못했다.

'의식은 둘째 치고'라는 의미를 알 수가 없는 말에, 얼마간
침묵이 공간을 지배했다.

하지만 남자는 그 침묵을 길게는 허락지 않고 상세하게 말을
풀어서 되물었다.

"난소와 자궁. 최악의 경우 난소만이라도 정상적으로 성장할지 알아봐 주셨으면 합니다만."

"에… 아니, 병소가 활동을 저해하고 있는 건 뇌의 일부뿐이라 장기 등에 현저한 이상징후는 보이지 않고 있습니다만…."

상대가 날린 질문의 의도를 전혀 알 수가 없어서 단순한 사실만을 늘어놓았건만―.

그 말을 들은 환자의 부모는 다시금 얼굴을 마주 보더니 표정이 밝아졌다.

"그런가요! 아니, 그렇다니 다행이군요! 입원비는 계속 낼 테니 모쪼록 앞으로도 딸아이를 잘 부탁드립니다!"

"네? 저기, 그게…."

"선생님께는 뭐라 감사 말씀을 드려야 할지 모르겠어요! 자, 여보. 이제 걱정의 씨앗은 사라진 거지?"

"물론이지. 어디, 그럼 어서 다시 오늘 밤 준비에 착수하도록 하지."

당황한 여의사는 아랑곳 않고 한껏 들떠 병원 밖으로 향하는 젊은 부부.

여의사는 뭐라 말을 붙여야 좋을지 모르겠다는 생각에 그저 그 뒷모습을 배웅할 수밖에 없었다.

"나 참…. 대체 뭐였던 걸까, 저 부부…."

혹시 딸이 의식불명 상태에 빠진 충격으로 정신적 혼란 상태에 빠진 건 아닐까. 다음에 내원하면 카운슬링을 권해야 할지도 모르겠다.

그런 생각을 하며 여의사는 멸균실 문을 지났다.

몸에 멸균용 가스와 자외선을 쐬자, 들어왔을 때와 반대쪽에 있는 문이 열려—그 앞에 존재하는 한 대의 침대를 바라보았다.

침대 위에는 링거를 맞고 있는 한 명의 소녀가 있었다.

잠들어 있는 것으로밖에 보이지 않았지만 그 얼굴은 힘없이 여위어 있어, 의식이 돌아올 낌새라고는 찾아볼 수가 없었다.

"…부모가 포기한다 해도 난 포기하지 않을 거야."

잠든 채 숨소리만 낼 뿐인 소녀의 모습을 보며 결의를 새로이 다진 여의사는 링거의 상태 등을 체크하기 시작했다.

그리고—하나의 이변을 발견했다.

"…어머?"

이변을 알아챈 것은 누운 자세 상태를 확인하던 때였다.

꿈쩍도 않는 그녀의 오른손에 붉은 무언가가 떠올라 있었다.

"뭐지…, 이게…?"

소녀의 손을 잡아 보니 그것은 다물어진 사슬을 연상케 하는, 진홍빛으로 물든 문양이었다.

"문신…? 대체 누가?"

이 병실로의 출입은 엄중히 체크되고 있어 문신을 새기기 위한 기구 등을 반입하기란 불가능했다. 게다가―여의사는 오전 중에 검진을 했을 때는 분명 아무런 이상도 없었다는 사실을 떠올리고는 등골이 오싹해졌다.

"뭐야…, 이거… 누가 장난쳤나?"

마술사의 존재조차 모르는 그녀로서는 알 방도가 없었지만
―.

그것은 분명 '영주'라 불리는 문양이었다.

×　　×

소녀가 떠올린 것은―고통과 공포였다.

소녀는 지금도 어리지만, 더욱 어릴 적부터 부모에게 무슨 짓을 당해 왔는가 하면―.

그것은 결코 학대가 아니라 냉정한 사랑이 담긴 행동이었다.

'너를 훌륭한 마술사로 만들어 주마.'

그 말과 함께 쏟아진 사랑. 그것은 어린 그녀의 마음으로도 이해할 수 있는 것이었다.

하지만 고통은 그녀를 좀먹었다.

고통이, 고통이, 고통이, 고통이고통이고통이고통이고통이 하릴없이 그녀의 과거를 지배하여, 즐거웠던 기억도 기뻤던 기

억도 슬펐던 기억도 존재할 텐데, 그 모든 것이 압도적인 고통의 기억으로 덧씌워졌다.

"잘못했어요, 제대로 할게요."

잊으려 해도 고통만은 극복할 수가 없었다.

차라리 학대였다면 마음을 닫을 수 있었을지 모른다.

하지만 그녀는 자신을 향한 부모의 사랑을 분명히 느끼고 있었다.

그렇기에 그녀는 도망치지도 못하고 하염없이 견뎌 냈다.

견디는 것이야말로 부모의 사랑에 보답하는 행위라고, 어린 마음에 믿었던 것이다.

하지만 그녀는 몰랐다.

부모의 애정은 그녀라는 인격이 아닌 그녀가 자아낼 '마술사로서의 미래'를 향하고 있다는 사실을.

그녀의 부모는 마술사의 가계로 본래의 '성배전쟁'에서 기술을 빼낸 자들 중 하나였다.

하지만 그의 일족이 입수한 것은 성배전쟁의 시스템만이 아니었다. 어느 마술사가 지닌 '충술蟲術'의 마술체계를 일부 입수하여 그것을 독자적으로 응용하기 시작한 것이다.

그들이 눈독을 들인 것은 보다 미소微小한 벌레에 의한 세밀한 육체 개조.

수십 년에 걸친 시행착오 끝에―본래의 '충술'과는 다른 기술이 완성되어 갔다.

마술적으로 개량을 가한 '세균'들.

그것들을 잘 사역하여 아직 어린 상태의 마술사의 몸에 사용하면 후천적으로 마술회로를 증폭시킬 수 있다. 그러한 의도였다.

그리고 기술이 완성된 뒤에 처음 태어난 딸은―기념할 만한 첫 '헌체獻體'로 선출되어―실제로 수많은 고통을 대가로 육체적으로는 거의 변이를 일으키지 않은 채, 마술회로만을 절대적으로 증폭시키는 데 성공했다.

이제 성장에 따라 회로가 완성되는 날에, 일족의 마술을 계승시키기만 하면 모든 일이 완만하게 매듭지어지는 것이었는데―.

운 나쁘게도 세균 중 일부가 폭주해서 아직 어린 소녀에게서 의식을 앗아 갔다.

부모는 마술회로를 증폭시킨 존재의 피가 이어질지 어떨지, 그것을 확인하기 위해 소녀를 입원시켜 살려 두기로 했다. 그녀의 부모에게 있어 그녀의 인격 따위는 이미 아무래도 좋은 것이 되어 있었다.

그리고 그녀는―.

자신이라는 인격이 부모에게 이미 버림받았다는 사실도 모른 채, 자신의 꿈속에 만들어 낸 생과 사 사이에 자리한 세계에서 방황하고 있었다.

세균을 통한 마술적인 개조를 받은 결과일까, 그것은 평범한 꿈보다 압도적으로 리얼한 영상을 보여 주었다. 하지만 맛도 냄새도 존재하지 않는 그 세계는, 결국 꿈에 지나지 않았다.

"죄송해요, 죄송해요…. 아파해서 죄송해요…!"

과거의 기억이 순간적으로 떠올라 소녀는 아무도 없는 세상에서 홀로 외쳐 댔다. 마력으로 가득하기는 하지만 아직 그 무엇도 배우지 못한 무력한 마녀.

그녀는 꿈속에서 몸에 잔뜩 힘을 실어 외쳤다.

개조된 몸이 그녀의 의사를 지지하듯 꿈속에서 마술회로를 폭주시켰다.

이대로 사라져 가리라는 것을 느꼈는지 마치 '버리지 마'라고 울부짖는 어린애처럼—모든 세포가 울부짖었다.

"제대로 할게요! 정말, 제대로 열심히 할게요!"

무엇을 제대로 하면 좋을지도 모르는 채—.

"그러니까, 그러니까 버리지 마요! 버리지 마요…!"

찰나—소녀는 섬광을 보았다.

소리 없는 세상에 요란한 바람소리가 생겨났다.

소녀는 대체 무슨 일이 일어난 것인가 싶어 퍼뜩 일어나 교차점 주변을 확인하다—.

그 길 전체가 검은 안개에 뒤덮여 있음을 알아챘다.

이해할 수 없는 '변화'에 주춤거리던 그녀의 귀에 한 목소리가 들려왔다.

마치 벌레들이 찌륵찌륵 울음소리로 경쟁을 하는 듯한, 귀에 거슬리는 소리였다.

하지만 그 소리는 분명, 말로써 의미를 지니고 있었다.

"묻겠다, 당신이, 나의 마스터인가."

소녀는 그것이 무엇인지 알 턱이 없었지만—.

그 서번트는 너무도 이질적이었다.

본래 '그'에게는 영웅으로서의 자질은커녕—'인격'조차 존재하지 않았다.

애초에 '그'는 인간이 아니니.

하지만 성배라는 존재로 인해 '지식'을 얻은 그 존재는 서번트로서 현현한 순간부터 순수한 지식의 덩어리가 되었다. 미미한 감정이 없어, 그저 성배전쟁의 지식을 시스템적으로 재현할 뿐인 로봇 같은 존재가 된 것이다.

공포로 된 덩어리 같은 목소리가 울려 퍼졌지만—.

소녀는 무서워하지 않았다.

생각나고 만 쓸쓸함을 메워 줄 자가 나타났다. 변화 없는 세상에 변화가 찾아왔다.

　그저 그 사실이 기뻐서―소녀는 검은 안개로 뒤덮인 마천루를 올려다보며 주저주저 자신의 이름을 말했다.

　"누구예요? 제 이름은, 쿠루오카 츠바키緑丘椿예요."

　그리고 그녀는―이 거짓된 성배전쟁의 기념할 만한 첫 마스터로 선발되었다.

　꿈속에서 이루어진 계약은 그 누구에게도 알려지지 않았다―.

　현실세계에서의 그녀는 여전히 의식불명 상태였기에.

×　　　×

　스노필드 시. 쿠루오카 저택.

　"자아, 슬슬 팔데우스가 '선전'을 시작할 때가 됐는데."

　병원에서 돌아온 쿠루오카 부부는 흥분의 여운이 가시지 않은 상태로 오늘 밤에 할 '의식'에 대비하기로 했다.

　"이제 곧 땅의 영맥에 힘이 차올라 내 손에도 영주가 깃들겠지. 그렇게 되면 내 준비는 끝나."

　"응. 보구 그 자체라 할 수 있는 성유물도 준비했고… 여차

하면 그 보구 그 자체도 무기로 쓸 수 있을 테고 말야."

"그래, 그렇지. 시황제를 불러내면 나름의 경의를 표하기 위
한 준비를 해 둬야지."

딸의 이름 따위는 입에 담지도 않았다.

그들은 아무래도 중국 역사 속에서도 손에 꼽히는 인물을 불
러내기 위한 준비를 진행해 온 모양이었다.

하지만—그 준비는 무용지물이 되었다.

영주를 의식불명 상태의 딸에게 빼앗겼기 때문이 아니다.

그렇기만 했다면 그들에게도 다른 영주가 깃들 가능성이 있
었기 때문이다.

하지만 이 순간, 결과적으로 그들에게는 영주가 깃들지 않았
고—.

그 대신 다른 것이 몸에 떠올랐다.

묘한 위화감을 느낀 남자는 자신의 오른팔을 들여다보았다.

"응…?"

그것은 검은 반점이었다.

얼핏 보기에는 멍 자국 같기도 해서 남자는 어디 부딪혔나
하고 눈살을 찌푸리며 아내를 바라보았다.

"저기, 이게 뭔지…. 여보?!"

그리고, 쿠루오카의 이름을 이어받은 마술사는 경악했다.

아내의 얼굴이며 팔에도 자신과 같은 검은 반점이 떠오르더

니―다음 순간에는 실이 끊어진 인형처럼 그 자리에 쓰러졌기 때문이다.

"여, 여보…?!"

황급히 아내에게 다가가려 했지만 시야가 울렁울렁 일그러지더니―모든 것이 일곱 빛깔로 된 궤적을 그리며 위로 위로 떨어지기 시작했다.

그리고 떨어지고 있는 것은 자신이라는 사실을 알아챘을 때는 이미 늦은 뒤였다―. 마술사는 이미 그 자리에 서 있을 수조차 없는 상태가 되어 있었다.

의식을 잃을 것 같은 상태에서도 마술사는 또렷이 느꼈다.

자신의 몸 안에서 무언가를 통해 마력이 어딘가로 빠져나가고 있다는 것을.

생명 에너지 그 자체를 빼앗아 가고 있는 것이 아닌지라 죽을 일은 없을 테지만 이대로 가면 혼수상태에 빠질 것이 분명했다.

―말도 안 돼.

―이런 상태에서… 적에게 습격을 받으면….

―아니, 설마…. 이미 누군가가… 공격을….

끝까지 성배전쟁으로 가득했던 그의 의식은 결국 어둠 속으로 빨려 들어갔다. 딸에 대한 생각은 끝끝내 하지 않았다.

그리고 몇 분 뒤―.

온몸에 검은 반점이 돋아난 부부가 아무 일도 없었다는 듯 벌떡 일어났다.

"…그러고 보니 오늘은 츠바키의 생일이었지."

"맞아, 여보. 케이크 만들어 둬야겠어."

불건강하기 짝이 없는 안색을 하고서 매우 온화한 말투로 묘한 소리를 중얼거리는 부부.

그들에게는 현재, 본래의 인격 같은 건 남아 있지 않았다―.

그저 딸이 바랐던 생활을 투영할 뿐인 살아 있는 인형에 불과했다.

×   ×

소녀는 춤췄다. 소녀는 춤췄다.

잠에서 깰 순간을 잊기 위해.

소녀와 춤췄다. 소녀와 춤췄다.

그녀의 모든 것을 이루기 위해.

"와아! 고마워! 아빠! 엄마!"

"고맙긴, 츠바키. 너 아주 열심히 했잖니."

"그래, 넌 우리의 소중한 보물이란다."

선물을 받은 여자아이는 신이 나서 집 안을 돌아다녔다.

그녀는 한참을 기뻐한 뒤, 옆에 선 검은 안개 덩어리에게 미소를 던졌다.

"고마워! 당신이 아빠랑 엄마를 여기로 불러 준 거지?!"

그런 그녀의 말에 서번트는 고개를 끄덕이지도 않고 그저 멀거니 서 있을 뿐이었다.

현실의 광경을 꿈속에 투영시킨다.

그것은 아마도 그녀가 무의식중에 개화시킨 마력. 하지만 꿈에서 현실에 영향을 주지 못하는 이상, 물리적으로는 전혀 의미가 없는 마술이라고도 할 수 있으니 의욕적으로 개발할 마술사는 그리 없으리라.

서번트는 그저 그녀의 무의식에 존재했던 마술을 도운 것에 불과했다.

마스터의 이상에 따라, 자신의 힘으로 현실의 그들을 조종한 것뿐이다.

뭐, 그러면서 마력을 흡수한다는 본능적인 행위도 하긴 했지만.

그는 인간의 감정을 이해하지 못했다. 다만 지식으로 알고 있을 뿐이었다.

하지만 그렇기에―강력한 힘을 지닌 그 서번트는 소녀를 이성배전쟁 최대, 최악의 다크호스로 만들어 냈다.

바람을 타고, 물을 타고, 새를 타고, 사람을 타고―.

그야말로 세상을 재패했다 해도 좋을 그 존재는 분명 라이더의 클래스를 얻기에 걸맞은 존재로 보이기도 했다.

하지만 그런 논리는 둘째 치고―.

사람들이 그 '재앙'에 부여한 이명異名. 유사인격이야말로―

그가 라이더로서 현현한 최대의 이유일지도 모른다.

일찍이 흑사병의 돌풍을 일으켜 삼천만 명의 목숨을 빼앗고,

때로는 스페인독감이라는 이름으로 오천만 명의 목숨을 빼앗고,

온갖 바람을 일으켰던 '재앙'이라는 이름의 기수騎手.

그 이명을, 이 서번트의 존재 자체를 알아채는 자가 나타나기는 할지―.

거짓된 성배전쟁은 갈수록 혼란의 소용돌이로 빠져 들어갔다.

프롤로그 VI
『랜서』

그 숲은 한없이 깊어―.

그의 모습은 마치 영원히 이어진, 바닥이 보이지 않는 늪에 떨어진 듯 보였다.

　　　　　　　　　―달린다.

　　―달린다.　　　　　　―달린다.

　　　　―달린다.　　　―달린다.　　　　　　―달린다.

그는 밤이 내린 숲을 하염없이, 바람을 가르며 내달렸다.

무엇을 위해 달리는지, 그 이유를 그가 일일이 생각하고 그러고 있는지는 알 수 없었다.

'도망친다'는 한마디면 설명이 되는 단순한 말이 있기는 하지만, 아마도 그러한 생각을 의식적으로 하며 달릴 정도의 여유는 없으리라.

굳이 말하자면 그 '도망친다'는 행위 끝에 있는 것―.

요컨대 '살아야 한다'는 생각만으로 온 힘을 다해 대지를 박찼다.

사고가 아니라 본능으로.

이성이 아니라 충동으로.

어디로 도망쳐야 할지도 모른 채, 그는 하염없이 앞으로 앞으로 자신의 몸을 날렸다.

얼마나 되는 시간을 내달렸을까.

한 걸음을 내딛을 때마다 다리가 비명을 질렀고 그 고통은 고스란히 온몸으로 퍼져 나갔다.

하지만 그래도 그는 걸음을 멈추지 않았다. 몸도 뇌도 멈추기를 바라지 않았다.

이미 뇌내 마약도 끊겼는지, 그저 고통만이 그의 몸을 덮쳤지만―.

―――――――――――――.

사나운 본능은 그마저도 극복해 냈다.

나무들이 바람처럼 흘러가는 가운데 그는 그야말로 바람이 되어 밤이 내린 숲을 빠져나가려 하고 있었다. 조금만 더 가면 바람의 끝이 보일 것만 같던, 그 찰나―.

마력을 띤 탄환이 그 바람을 격추시켰다.

"킥!"

고통보다도 충격이 그의 온몸을 감쌌다.

걸음에 실렸던 에너지는 소실되지 않고 그의 몸을 가차 없이 땅바닥에 내동댕이쳤다. 조금 전까지 자신을 연거푸 걷어찼던 것에 대한 답례라는 듯, 대지는 흉기가 되어 그의 몸을 때려눕혔다.

"~~~~~!"

소리가 되지 않는 비명.

일어서고 싶어도 온몸을 덮친 경련이 그것을 허락지 않았다.

온몸의 비명이 뇌를 울림과 동시에 조용한 목소리가 고막을 울렸다.

"…피곤하게."

이지적인 목소리이기는 했지만 그 냉정한 음색 뒤에서는 명백한 분노가 엿보였다.

요란하게 장식된 총을 손에 쥔 채 늘어뜨린, 마술사로 보이는 남자는 쓰러진 도망자의 배를 천천히 짓밟더니―이어서 아직도 열을 띠고 있는 총구를 다리에 난 총상에 처박았다.

치익. 고기 굽는 냄새가 나더니 곧 탄내가 숲속에 메아리쳤다.

도망자는 입을 한계치보다 크게 벌린 채 목구멍 속에서 눅눅한 공기만을 토해 냈다.

"나 원, 하필이면 너한테 '영주'가 깃들다니…. 뭐, 이런 웃기지도 않는 경우가 다 있어?!"

도망자는 소리 없는 비명을 내지르며 몸부림을 쳤다. 그의 몸에는 분명 영주로 보이는 사슴 형태의 문양이 떠올라 있었다.

"뭐 하려고 힘들여 널 만들었는데? 뭐 하려고 한계까지 마술회로를 '증설'해 준 줄 알아? 뭐 하려고 지금까지 살려 놨는지 아냐고."

마술사는 조용히 고개를 가로젓더니 몸부림치는 도망자의 머리를 공처럼 걷어찼다.

"…성배전쟁에서 승리하려면 영웅을 초월하는 존재를 손에 넣어야만 해."

다가와서는─또다시 얼굴을 걷어찬다.

"일찍이 영웅을 초월해, '신'이라 불렸던 격을 손에 넣은 자를 부르지 않으면 '왕'이라 불렸던 부류의 영웅 놈들한테 못 이긴다고."

걷어찬다.

"그렇다면… 영웅의 기원보다 훨씬 오래된 과거─이집트에서 '신'이 된 자들을 소환하는 수밖에 없지."

내리밟는다.

"하지만 영주와 토지의 힘만으로는 '신령의 좌座'에 위치한 자까지는 부르지 못하지. 그러니 이쪽도 반칙을 좀 해야 한다고."

짓밟는다.

"네놈은 그러기 위한 촉매라고! 신을 소환하기 위한 촉매가 될 영광을 왜 받아들이질 않는 건데?! 은혜를 원수로 갚다니!"

이제 비명도 지를 수가 없게 된 도망자의 시야는 이미 절반 이상이 붉은 핏빛과 어둠으로 물들어 있었다.

그래도─.

이미 숨을 쉬는 것 자체가 고통이 되었지만─.

그는 그래도 목구멍 안에서 넘쳐 나는 피를 삼키며 일어서려 했다.

끝까지 포기하지 않는 도망자의 모습을 본 마술사는 어이가 없다는 듯 한숨을 내쉬더니—.

도망치려 하는 도망자의 등에 발을 얹어, 가차 없이 체중을 실었다.

"됐다. 대용품은 몇 놈 준비해 뒀으니… 영주는 내놓고 죽어라. 하지만 네놈한테 자유는 없다. 솥에 처넣어서 새로운 모르모트의 재료로 써 주마."

남자의 오른손이 도망자의 영주를 향해 뻗었다.

하지만 사실 도망자에게 있어 영주는 아무래도 좋은 존재였다.

그는 '성배전쟁'의 의미도, 이름조차도 몰랐다.

—살아야 해.

그저 그는 하나의 생명으로서, 몸 안에서 솟구치는 본능에 따랐을 뿐이었다.

—살아야 해. —살아야 해.

그리고 그 충동은 이 상황이 되어서도, 눈곱만큼도 사그라지지 않았다.

—살아야 해. —살아야 해. —살아야 해.

그러한 생각으로 머릿속이 가득했다.

—살아야 해. 살아야 해. 살아야 해. 살아야 해 살아야 해 살아야 해 살아야 해.

―살아야 해. 살아야 해. 살아야 해. 살아야 해 살아야 해
살아야 해   살아야해.

살아야 해.   살아야 해.   살아야 해. 살아야해. 살아
야해.   살아야해. 살아야해.

살아 살아살아살아살아 살아살아 살아살아살아살아살아
살아 살아살아살아살아 살아살아 살아살아 살아살아 살아살아
살아살아 살아 살아살아살아 살아 살아살아 살아 살아 살아살
아살아살아살아살아살아살아살아살아살아살아살아

        살아살아 살아살아 살아살아 살아 살아살아 살아살아
살아살아살아살아 살아살아 살아살아살아살아살아 살아살아
살아 살아살아 살아살아 살아살아 살아살아살아살아살아살아
살아살아살아살아살아살아살아살아살아살아살아살아살아살
아살아살아살아살아살아살아살아살아살아살아살아살아
살아살아―.

―살아야 해!

'죽고 싶지 않다'가 아니다.

'살고 싶다'와도 조금 달랐다.

바람이 아니라 순수한 본능으로,

그저 '살아야 한다'고만 원했다.

그러한 차이를 그 자신이 알고 있을지 어떨지―.

아니, 애초에 그의 머릿속에 '죽고 싶지 않다'는 말이 존재하는지 어떤지조차 의심스러웠다.

그는 서서히 움직이지 않게 되어 가는 몸속으로—.

스노필드라는 땅에 사는, 모든 생물들 중에서 가장 강하게 그 의지를 담아 외쳤다.

"＿＿＿＿＿＿＿＿＿＿＿＿＿＿＿＿＿＿＿＿."

하지만 그 '외침'의 의미를 마술사는 이해하지 못했고—때문에 그는 알아채지 못했다.

그 순간, '의식'이 완수되었다는 사실을.

그만이 자아낼 수 있는 그 외침이야말로 그의 마술이며, 소환의 말이었다는 사실을.

마술사는 알지 못했던 것이다.

방금 전, 다섯 번째 서번트가 북부 계곡에서 소환되어—.

거짓된 성배는 다소 억지로라도 여섯 번째 서번트의 현현을 바라고 있었다는 사실을.

처음 소환된 라이더의 경위를 통해서도 알 수 있듯, 이 성배 전쟁에서 '소환' 의식에 대한 정의는 실로 애매하게 되어 있다고 할 수 있었다.

좌우간 그 순간—.

여섯 번째 서번트가 드디어 스노필드 숲에 강림한 것이다.

숲속을 눈부신 섬광이 관통하더니 회오리바람이 일어 주변에 있던 나무들을 세차게 뒤흔들었다.

힘찬 바람에 몇 미터나 날아간 마술사는 무슨 일인가 싶어 총을 겨누었고—다음 순간, 압도적인 마력을 느끼고는 자신의 온몸에 둘러쳐진 마술회로를 긴장시켰다.

"뭣…."

마술사의 눈앞에 나타난 '것'은—투박한 관두의貫頭衣를 두르고 있었다.

현현한 '그것'이 영령이라는 것은 눈앞에 존재하는 압도적인 마력의 양만 보아도 알 수 있었다.

하지만 부자연스러운 점도 있었다.

영웅이라 불리는 존재치고는 겉모습이 너무도 소박했다.

이렇다 할 장비다운 장비를 지니고 있지도 않거니와 걸치고 있는 옷도 그다지 가치가 있는 것으로 보이지 않았다. 물론 영웅의 가치가 재력으로 결정되는 것은 아니었지만—그렇다 해도 무기 하나 들고 있지 않은 것은 좀 이상하지 않은가.

그는 조용히 상대의 모습을 관찰했다.

—여자?

얼굴만 보자면 여자로 판단할 수 있을 듯했다.

매끄러운 피부에 부드러운 인상을 풍기는 이목구비.

하지만 가슴께나 허리는 넉넉한 옷으로 가려져 있었고 거기서 뻗어 나온 손발은 다소 단련된 듯 보였다.

─아, 아니, 남자일지도 몰라…. ……? 어느 쪽이지…?

그 서번트의 얼굴은 어딘지 모르게 앳된 인상이 남아 있는 탓인지 남자처럼도, 여자처럼도 보였다. 남자가 되었건 여자가 되었건, 몸이 적절히 단련되어 있는 것으로 보아 온몸이 낭창낭창한 용수철처럼 움직이리라는 것을 쉽게 추측할 수 있었다. 뭐, 남자건 여자건 생김새가 실로 단정하다는 것만은 분명했지만.

─애… 애초에… 사람, 인가?

어딘지 모르게 위화감이 드는 그 분위기에 마술사는 저도 모르게 겸연쩍은 표정을 지었다.

확실히 인간의 생김새를 하고 있기는 했지만 어쩐지, 말로는 잘 표현할 수가 없는 위화감이 느껴졌다. 지나치게 완벽하다고 해야 할까. 겉모습만 봐서는 모르겠지만, 온몸에서 뿜어져 나오는 분위기가 어쩐지 마네킹 인형이나─마술사들이 만드는 마술적인 의미에서의 '인형'을 연상케 했다.

넉넉한 복장 탓에 체형은 살필 수가 없다. 그것이 더더욱 이 영령의 성별, 나아가 '인간인지 아닌지'의 여부까지 모호하게 만들었다.

하지만 한 가지 확실한 것이 있었다.

나타난 영웅은 너무도 아름다웠다.

인간다운 음란함과 자연물이 지니는 순수함을 겸비한, 모순된 존재.

비너스 상을 옭아매듯 자라난 매끄러운 나무를 연상시키는 그 영웅의 모습은 남과 여, 인간과 자연, 신과 악마와 같은 구분조차도 무의미하다고 주장하고 있는 듯했다.

등 뒤에 펼쳐진 숲과 완전한 조화를 이룬 영령은 희미하게 남은 바람에 윤기가 흐르는 머리카락을 나부끼며─.

눈앞에 드러누운, 상처 입은 도망자에게 물었다.

"네가… 나를 부른 마스터니?"

실로 부드러운 음색으로.

목소리조차 중성적이어서 마술사는 결국 끝까지 그 영령의 정체를 파악하지 못했다.

도망자는 갑작스러운 섬광과 바람에 당황했지만 눈앞에 현현한 존재를 보고는 확신했다.

─눈앞에 있는 자는, 적이 아니다.

그저 그것만이 절대적인 사실이라 확신한 것이다.

도망자는 도망치고 싶은 충동을 일단 억누르고 그 구세주를 가만히 바라보았다.

마치 상대의 마음 전체를 가늠하려는 듯한 순수한 눈빛으로.

그 눈빛을 정면으로 받은 영령은 조용히 그 자리에 무릎을 꿇어, 비틀비틀 일어선 도망자와 눈높이를 맞추고는―.

"──── ────   ────────."

마술사는 알아들을 수 없는 말을 입에 담았다.

도망자는 그 말을 듣고는 조용히 답변했다.

"──────── ────────."

그러자 영령은 조용히 손을 내밀어 도망자의 상처 입은 몸을 안아 올렸다.

「고마워, 계약은 성립됐어.」

오랜 친구를 대하는 듯한 말에―도망자는 진심으로 안도했다.

삶을 허락받았다. 그러한 감각이 그의 마음을 뒤덮었다.

더는 도망칠 필요가 없어졌다고 확신한 그는―그제야 온몸의 긴장을 풀었다.

"말도… 안 돼…. 말도 안 돼! 이런 일이 어디 있어!"

마술사는 눈앞에서 펼쳐진 광경이 이해되지 않아, 총을 겨누며 숲이 쩌렁쩌렁하도록 고함을 쳤다.

"이런 말도 안 되는 일을 인정할 것 같아?!"

고함을 치며 그가 총구를 겨눈 끝에 있는 것.

그것은―.

느닷없이 나타난 영웅의 품에 안긴,

은빛 털이 피와 흙으로 더럽혀진 늑대였다.

"짐승이! 그런… 이렇다 할 능력도 없는 합성수—키메라가
마스터라고?! 웃기지 마!"

마술사는 장식된 총을 쥔 손을 부들부들 떨며 겨눴지만 영령
은 그런 그를 향해 조용히 말을 자아냈다.

"그 총을 내려 주시죠. 마스터는 당신에게 살의를 품고 있지
않습니다."

"뭣…."

뜻밖에 정중한 말씨를 쓴다는 점에도 놀랐지만 그보다도 말
의 내용에 동요했다.

"말도 안 돼! 그런 걸 어떻게…."

"나는 그들의 말을 이해할 수 있고… 마스터가 당신에게 무
슨 짓을 당했는지도, 상황을 보니 짐작이 갑니다."

서번트는 진지한 표정으로 그를 비웃으려던 마술사를 향해
말을 잇더니—.

"하지만 마스터는 당신에게 살의를 품고 있지 않습니다. …
이 말이 무슨 뜻인지, 아시겠죠?"

그 말을 끝으로 마술사에게 시원스럽게 등을 돌려, 천천히
숲속을 향해 걷기 시작했다.

"자, 잠깐, 기다려 줘! 너도 성배를 바라고 있잖아?! 그런 개새끼를 마스터로 삼을 게 아니라 나랑 손을 잡으면 보다 확실하게 성배에 가까워질 수 있을 텐데?"

그러자 영령은 그 말에 걸음을 멈추더니―.

그저 돌아보았다.

그뿐이었다.

하지만 다음 순간―마술사는 "히익…." 하고 비명을 흘리더니, 자신도 영령과 짐승에게 등을 돌리고 총을 든 채 숲속을 내달렸다.

영령이 마술사에게 던진 시선에는―그 정도로 강력한 '거절'이 담겨 있었다.

그는 마술사가 모습을 감춘 것을 확인하더니 순식간에 눈빛에서 험악한 기색을 지우고서 마스터로 인정한 벗을 치료하기 위해 강이 있는 방향으로 걷기 시작했다.

물소리도 안 들리고 시야에 보이지도 않는 상태였지만―.

대지의 화신은 그 방향에서 물의 '기척'을 똑똑히 느끼고는, 살며시 대지를 박차――.

짐승을 품에 살포시 안은 채, 매를 연상시키는 속도로 숲속에서 도약했다.

×　　　　×

마술사는 숲속을 달리며 마음속으로 비명을 질렀다.

─아 아아   아아아 아아아아아아아아아아아아아아─.

조금 전과는 입장이 반대였다.

쫓는 자였던 자신이 지금은 쫓기는 자가 되어 나무들 사이를 내달리고 있었다.

─어째서!

─어째서! 어째서! 왜, 왜, 왜!

─왜 내가 아니라!

─저런… 저런 개새끼가 선택된 거지!

영령도 은랑銀狼도 그를 쫓지는 않았다.

그 사실을 알면서도 마술사는 다리가 닳아 없어질 기세로 도망쳤다.

자신을 덮쳐드는 한없는 굴욕과, 이제는 돌이킬 수 없는 현실로부터.

얼마간 달리고 나서 어느샌가 주변이 숲이 아니게 되었음을 알아챈 마술사는─자신의 공방이 코앞에 있다는 사실을 떠올리고 그제야 속도를 늦추기 시작했다.

그리고 완전히 걸음을 멈추고는 등 뒤에 펼쳐진 숲을 돌아보며 혼잣말을 했다.

"저 영령은… 대체 뭐냐 말이야!"

자신이 마술사로서 이어받은 모든 계보를 쏟아부어 정제한

한 마리의 키메라. 그 몸에는 분명 평범한 마술사의 육체를 월등히 뛰어넘는 마술회로가 심어져 있다. 물론 그 대가로 생물로서의 수명은 극단적으로 짧아졌지만, 어차피 영령을 소환하기 위한 촉매로 준비한 것에 불과했다.

하지만 설마 버림돌에 영주가 깃들 줄이야—.

하물며 성배전쟁의 의미조차 모르는 짐승이 영령 그 자체를 소환해 마스터가 될 줄이야. 그의 마술사로서의 경험과 지식으로도 전혀 상상하지 못한 사태였다.

"짐승과 연관된 영웅…? 하지만 저건 짐승조차 아닌 키메라야. 한낱 고기 인형에 불과하다고. 키메라와 가까운 요소를 지닌 영웅 같은 게…."

늑대의 모습을 취하고 있었다면 개와 인연이 깊은 켈트의 영웅을 떠올릴 법도 했지만 실제로 본 영령은 그러한 맹자猛者들과는 이미지가 전혀 달랐다.

"큭…, 아무렴 어때. 어떻게든 녀석에게서… 아니, 다른 사람이라도 상관없지. 영주를 빼앗을 궁리를 해야지. 녀석들이 도시에 들어오는 순간, 빈틈을 찔러 나머지 키메라를 풀면 그 개새끼를 채 오는 것 정도는…."

조금 전까지 절망에 빠져 도주하다 순식간에 냉정함을 되찾은 것은 과연 마술사답다고 칭찬해야 할 부분인지도 모른다.

하지만 그를 기다리고 있던 것은 칭찬의 말이 아니라—.

"그건 좀 곤란한데요."

"──? ─흐. …흐?!"

"이 이상의 불안정 요소는 배제하고 싶습니다. 미안합니다."

무언가가 목 언저리를 스치는 차가운 감각과, 마찬가지로 싸늘하기 그지없는 말의 나열이었다.

"──."

누구냐, 라고 말하려던 참에 마술사는 자신의 목에서 목소리 대신 붉고 뜨뜻미지근한 액체가 흘러나오고 있다는 것을 알아챘다.

"안 그래도 영주도 발현되지 않은 마술사들이 도시에서 어슬렁대고 있어서 말이죠. 그런 상황에 성배전쟁 이외의 문제가 일어나면 곤란하거든요. '협회'와 '교회'는 둘째 치고 시민단체까지 적으로 돌릴 수는 없는 노릇이니까요. 이래 봬도 공무원이거든요."

마술사는 그 목소리를 듣고서 눈앞에 나타난 것이 일찍이 인형사 란갈의 제자로 협회에 소속해 있던 팔데우스라는 사실을 알아챘다.

하지만 지금의 그에게 중요한 것은 상대의 정체 같은 것이 아니라 자신의 목에서 흘러나오고 있는 액체를 어떻게 멈출까 하는 것뿐이었다.

"아, 그 상태로 들어 주세요. 질문에 답할 생각은 없고 살려둘 생각도 없어서 목을 베었으니까요."

담담히 중얼거리는 팔데우스의 손에 쥐어져 있는 것은 붉은 물방울이 떨어지는 한 자루의 아미 나이프. 마술사가 쓰는 의례적인 장식품이 아니라 통상적으로 서바이벌 숍에서 취급할 법한 물건이었다.

"못쓰겠군요. 예상 밖의 사태라고는 해도 아무런 마술가호도 없는 나이프에 베이면 당신의 가계가 뭐가 되겠어요."

"———. ———."

목에서 푸슉푸슉 숨소리가 흘러나왔지만 숨을 쉴 수는 없었다.

급속도로 흐려져 가는 의식 속에서 마술사는 팔데우스의 말을 들었다.

"…그런데 당신, 이름이 뭐였죠? 뭐, 대답할 수 있을 것 같지도 않고 이제 아무래도 상관없지만요."

팔데우스는 마술사를 내려다보면서도 끝까지 방심을 얼굴에 드러내지 않은 채 천천히 오른손을 휘둘렀다.

충격이 퍼졌다.

그런 사소한 동작으로 인해 마술사는 영원히 의식을 잃었다.

팔데우스가 손을 휘두름과 동시에 주변에서 무수한 탄환이 날아들어 마술사의 온몸을 찢어 놓기 시작했다.

남자는 완전히 무표정한 얼굴로 그 광경을 지켜보았다.

유탄이 날아와 자신에게 맞을 것이라고는 눈곱만큼도 생각지 않는지, 눈앞에서 탄환이 오가도 숨 한 번 흐트러뜨리지 않았다.

란갈의 인형을 파괴했을 때와 마찬가지로 총성은 거의 울리지 않았고, 납빛 폭력만이 마술사의 육체라는 영역을 활보했다.

상대의 원형이 절반 이상 없어진 참에 팔데우스는 다시금 오른손을 휘둘렀다.

총탄의 비는 1초도 지나지 않아 그쳤다. 그는 근처에 있는 돌 위에 앉고서야 표정을 누그러뜨렸다.

"실례. 저는 수다쟁이라서 말이죠. 무심결에 기밀정보를 말할 수도 있어서 시체가 상대가 아니고서는 안심하고 말을 할 수가 없거든요."

그는 이제 그 어떤 말도 들을 수 없게 된 고깃덩이에게, 업무상 거래 상대를 대하듯 정중한 투로 말을 건넸다.

"나 원, 쿠루오카 부부가 대체 뭘 불렀을까도 신경 쓰이지만…. 당신도 참 성가신 짓을 해 주셨더군요. 방금 전에 당신의 공방을 뒤졌는데… 설마 영령이 아니라 신이라 불리는 부류의 분들을 부르다니. 그건 시스템적으로 반칙이잖아요. 모르셨나요? 전쟁에도 규칙이 있다는 거."

그때까지의 과묵했던 태도는 어디 내다 팔았는지, 팔데우스는 상대가 시체가 되자마자 유창하게 말을 자아내었다.

"우리의 목적을 위한 시험적인 장이기는 하지만, 너무 멋대로 구시면 곤란하다고요."

란갈의 인형을 파괴했을 때와 다른 것은, 그의 주변에 부하 병사들이 집합하지 않는 것으로 미루어 정말로 시체에게 말을 하고 있다는 점이 아닐까.

"그나저나 숲속에서 찍힌 영상을 봤는데… 설마 그… 아니, 그녀일지도 모르니 '그것'이라고 부를까요…. 설마 '그것'이 영령으로서 나타날 줄이야. 만에 하나 버서커 클래스로 소환되었더라면 그야말로 당신이 바란 것처럼 '신'의 영역에 손이 닿을 힘의 현현을 허락할 뻔했네요."

정말로 예상치 못했던 일이었는지 그의 말투에는 진심 어린 놀라움 같은 것이 담겨 있었다.

하지만 그것은 기쁜 오산이었는지 입가에는 희미한 미소가 떠올라 있었다.

"뭐, 시스템적으로 그건 불가능…할 텐데 말이죠. 좌우간 예측하지 못한 일투성이다 보니 이쪽도 확신을 할 수가 없거든요. 그야말로 제가 모르는 곳에서 뭔가 터무니없는 것이 소환됐을지도 모를 일이고요. 아니, 당신의 애완동물이 부른 저것도 충분히 터무니없는 존재지만요."

오랜 친구에게 말하듯 팔데우스는 손짓 발짓을 섞어 가며 말했다.

시체를 상대하는 동시에 자기 자신의 입으로 말함으로써 현재 상황을 보다 정확히 이해하기 위해.

"애초에 저건 본래, 영웅이라기보다는…."

"신이 사용했던 보구 그 자체라고 해야 할 존재니까요."

×   ×

그 영웅은―당연히 인간의 모습을 하고 있었다.

하지만―그는 인간이 아니었다.

아득히 먼 옛날―신의 진흙 인형으로서 지상에 떨어진 그는 남자, 여자와 같은 성별 없이 그저 요괴 같은 진흙 인형의 모습으로 숲속에 현현했다.

진흙 인형은 인간으로서의 지성도 없이 숲속 짐승들과 함께 노닐었다.

하지만 그 힘은 인간의 상식을 초월해, 한 번 분노를 풀어놓으면 당시에 나라를 다스렸던 어느 영웅의 힘을 웃돈다고 쑥덕대는 이들도 있었다.

당사자인 왕은 그 말에 코웃음을 치더니 '어찌 짐승과 힘겨루기를 한단 말이냐.'라며 안중에도 두지 않았다.

왕은 자신의 힘이 절대적이라 믿었고, 그것을 웃도는 자 따위는 존재하지 않을 것이라 확신했다. 그렇기에 왕은 그것을 한낱 소문에 불과하다며 일소에 부쳤다.

하지만―성창聖娼으로 이름 높은 여인이 그 짐승과 만난 순간부터 모든 이들의 운명이 돌기 시작했다.

남자인지 여자인지 구분도 되지 않았던 진흙 덩어리는 남녀의 굴레를 벗어난 그 여자의 아름다운 모습을 보고는, 한눈에 마음을 빼앗겨 버린 것이다.

여섯 낮 일곱 밤을 함께 보내는 동안, 진흙 인형은 서서히 자신의 모습을 인간과 흡사하게 만들어 나갔다.

자신과 침식寢食을 함께하는 아름다운 창부의 모습을 흉내 내듯.

인간을 모르는 진흙 짐승은 성창이 지닌 아름다움을 모방했다.

모순된 아름다움을 자신의 몸에 담은 순간, 진흙 인형은 많은 힘을 잃은 대신 인간으로서의 이성과 지혜를 손에 넣었다.

뭐, 많은 신기神氣를 잃었다고는 하나―.

그의 힘은 여전히 사람의 그것을 까마득히 능가했다.

그리고 인간의 모습과 지혜를 손에 넣은 인형은 위대한 왕의 앞에 섰다.

천지가 뒤흔들리는 듯한 사투 끝에 그들은 서로의 힘을 인정했다.

황금의 왕과 진흙 인형.

하늘과 땅만큼 지위의 차가 큰 두 사람이었지만―그들은 유일무이한 맹우가 되어 수많은 모험을 거듭하며 서로 고락을 함께하는 존재가 되었다.

그 황금과 대지의 색으로 채색된 나날로부터 수많은 세월이 흘렀다.

운명은 다시금 돌기 시작해————————.

× ×

10킬로미터 정도 이동한 곳에 있던 냇물에서 최소한의 처치를 마친 영령은 풀밭에 마스터인 은랑의 몸을 눕혔다.

「그나저나… 안심했어, 우르크를 덮쳤던 것과 같은 것이 이 세상을 가득 메우고 있을 줄 알았는데, 세상은 여전히 아름다운 모양이야.」

주변에 펼쳐진 웅대한 자연 앞에서 그는 '짐승의 말'로 곁에 있는 마스터에게 말을 붙였다.

하지만 마스터인 늑대는 이미 깊은 잠에 빠진 모양인지 그 말에 대한 대답은 없었다.

영령은 미소를 지으며 조용히 자리에 앉아 얼마간 강 소리에 마음을 맡기려다가ㅡ.

문득 눈길을 북쪽 방향으로 돌렸다.

그의 스킬인 최고 클래스의 '기척감지' 능력이ㅡ자신들이 있는 장소에서 한참 북쪽으로 떨어진 곳에서 무척 반가운 기척을 포착해 낸 것이다.

그것은 바로, 황금 갑옷을 두른 영령이 마술사의 결계가 펼쳐진 동굴에서 나온 순간의 일이었다.

"설마—."

처음에는 운명을 믿을 수가 없어 가만히 눈을 크게 떴다—.

"설마… 너야?"

그는 북쪽에서 느껴지는 기척이 자신이 아는 '왕'의 것임을 확신하고는 천천히 몸을 일으켰다.

얼마간 침묵이 이어졌다.

그 사이, 그의 가슴에는 어떠한 것들이 오갔을까.

당황스러움.

초조함.

이윽고—압도적인 환희.

성배전쟁인 이상 그 '왕'과 살육을 벌여야 하는 운명이 될지도 모른다.

하지만 그게 뭐 어쨌다는 말인가.

결과적으로 이쪽이 상대의 목을 날리건, 상대가 자신의 심장을 후벼 파건.

자신들 사이에 놓인 인연은 고작 한두 번의 살육전 가지고는 끄떡도 않는다.

아니, 설령 천 번의 살육전을 벌인다 해도 결코 갈라지지 않으리라.

"하하…."

자연스럽게 웃음소리가 흘러나와 영령은 조용히 두 팔을 펼쳤다―.

"그 광장에서의 결투를 이어서 하는 것도… 나름 재미있을 것 같네."

그는 두 손을 완전히 펼치더니 자신의 마음속에 든 것을 토해 내듯――.

여전히 온화한 목소리로 노래를 읊조렸다.

영웅 엘키두[*].

그의 노랫소리는 대지 그 자체를 진동시켜―아름다운 대지의 울림이 되어 스노필드 전토에 울려 퍼졌다.

그리고 그것이야말로 모든 서번트가 갖춰졌다는 증거이

※엘키두 : 고대 바빌로니아의 길가메시 서사시에 등장하는 괴력을 지난 산남(山男). 문헌에 따르면 '엔키두(Enkidu)'라 표기하는 것이 옳겠으나 Fate 세계관에서는 이와 같이 표기된다.

자——.

전쟁의 개시를 알리는 신호이기도 했다.

거짓된 대좌에 모인 마술사와 영령들.

이것이 거짓된 성배전쟁이라는 것을 알면서도—그들은 그
래도 대좌 위에서 계속해서 춤을 춘다.

진위 여부 따위는 피안彼岸 저 너머에 내버려 둔 채.

성배가 아니라—다름 아닌 그들 자신의 신념을 관철하기 위
해——.

그들만의 성배전쟁.

바야흐로 그 전쟁의 막이 올랐다.

여장(餘章)

『관측자. 혹은 캐릭터 메이킹』

그 공간은 완성된 하나의 세계였다.

칠흑 같은 어둠과 광점光點.

밤하늘 빛으로 물든 어두운 원형 방 중앙에 목제 의자가 떠 올라 있다.

형상만 보자면 호사스럽다 하기에 충분했지만 소재인 나무가 멋들어지게 색이 바래 아니꼬울 정도로 고급스럽게 느껴지지는 않았다. 오히려 그저 그곳에 있는 것만으로 주변의 분위기를 한층 더 장엄하게 만들고 있었다.

어리숙한 인간이 그 의자에 앉으면 의자의 존재감에 완전히 집어삼켜져, 주변 사람들의 눈에 띄지 않게 되어 버리리라. 그런 생각이 절로 들 정도의 의자였다.

이 공간은 오로지 이 의자를 칭송하기 위해 준비된 것이다.

그렇게 말해도 납득할 수밖에 없을 듯한 광경이었지만―.

의자보다도 장엄한 분위기를 두른 남자가 삐걱, 하는 큰 소리를 내며 등받이에 등을 기댔다.

"으음….."

이 방이 우주의 축소도라면 그 중심에서 의자에 앉아 있는 남자는 그야말로 그 주인에 걸맞은 분위기를 몸에 두르고 있었다.

겉모습으로 미루어 50대에서 60대 정도가 아닐까.

깊이 팬 주름에서는 세월의 무게가 느껴졌지만 두 눈은 아직도 기력으로 가득해 열 살은 젊어 보였다.

"이 축軸은 아니군…. 이 편광선偏光線—라인도 전멸이고…."

남자가 허공을 손가락으로 훑자 주변에 자리한 벽에 비춰진 천체 그 자체가 회전했다.

"오오, 이 커팅은 제법… 아니, 최악이로군. 큰 거미 놈이 눈을 떴어. 대응하기에는 백 년이 모자라."

그리고 그 회전에 맞춰 남자의 눈앞에 떠오른 서적의 페이지가 팔랑팔랑 넘어가더니, 온갖 '정보'가 실시간으로 기록되었다.

서적의 두께는 평범한 백과사전 정도였다.

그럼에도 불구하고 남자가 손가락을 움직일 때마다 수천, 수만 페이지가 새로 만들어졌다가 사라져 갔다.

얼마간 그 작업을 계속하던 노령의 남자는 무료하다는 듯 중얼거렸다.

"역시 어떻게 굴러가도 협회에 좋은 결말이 나오진 않는군. 그렇다고 내가 간섭을 하는 것은 도리에 어긋나고. 음. 완전히 외통수로구먼."

혼잣말을 하듯 그렇게 말한 남자는—느닷없이 **등 뒤에 자리한 공간에 의견을 구했다.**

"귀공은 어떻게 생각하나. 슬슬 인사라도 한 번 할 때가 된 것 같은데. **거기**서는 통신료도 무시할 게 못 될 텐데."

그러자 그 부름에 공간이 답했다.

[이거 실례. 알고 있었나.]

거기에는 의자와 같은 디자인의 작은 목제 탁자가 놓여 있고, 그 위에는 한 대의 '전화'가 놓여 있었다.

무척 오래된 전화의 형태를 띠고 있는 그것은, 얼핏 보기에는 전기스탠드처럼도 보였다. 조명 대신 매달려 있는 것은 원뿔 모양으로 생긴 스피커로 가늘게 뻗은 지주 끄트머리에는 마이크가, 그것을 지탱하고 있는 대에는 다이얼이 갖춰져 있었다.

이제는 영화 속이나 박물관, 골동품 가게 등에서나 볼 수 있는 형태의 전화기였지만, 색깔만은 앤티크한 검은 전화기와 완전히 달랐다. 사파이어를 연상케 하는 아름다운 푸른색으로 감싸여 있는 그 전화기는, 얼핏 보면 거대한 보석 세공품처럼 보일지도 모른다.

대체 언제부터 존재했는지, 불과 몇 분 전까지는 아무것도 없었을 터인데 마치 처음부터 그곳에 있었다는 듯, 보기 좋게 방 안의 분위기와 조화를 이루고 있었다.

마치 부름을 받음으로 인해 존재가 확정되어 방의 역사 그 자체가 덧씌워진 듯 보이기도 했다.

[조금 더 타이밍을 살피다가 벨을 울릴 생각이었는데 말이지.]

전화기의 스피커에서 젊디젊은 목소리가 들려왔다.

마치 전화기 그 자체가 의지를 가지고 말하고 있는 듯했다.

"혼잣말이 많은 늙은이라고 생각했나?"

[내가 누구인지 알고 그런 소릴 하는 거야?]

"여기가 어디라고 생각하는 건가. 침입할 수 있는 자는 손에 꼽을 정도밖에 되지 않아."

노인은 어깨를 으쓱하며 등 뒤에 자리한 푸른 전화기를 흘끔 쳐다보았다.

"그래, 무슨 일이지? 다화茶話를 나누고 싶다면 시간을 다시 잡아라. 이쪽은 유감스럽게도 성가신 일이 생겨서 말이지."

[그래, 내가 온 것도 그 일 때문이야.]

"뭐라?"

[스노필드 사건을 하나 골라서 관측할 생각이라면 마술사들이 아니라, '난입자'를 기준으로 세계를 선정하는 편이 좋을 걸.]

전화기의 다이얼이 천천히 돌기 시작하더니 어느 정도까지 돌아간 참에 원래 위치로 돌아오기 위해 역회전을 하기 시작했다.

동시에 그 회전에 맞춰 방의 천구天球가 돌자─노인이 읽고 있던 책의 페이지가 지금까지 보였던 것 이상의 속도로 팔랑팔랑 넘어가기 시작했다.

그 페이지에 비친 것은 한 인간의 얼굴과, 비친 자의 정보─파라미터였다.

어떤 때는 남자, 어떤 때는 여자.

어떤 때는 노인, 어떤 때는 어린애.

어떤 때는 근육질, 어떤 때는 비만.

어떤 때는 성자, 어떤 때는 살인귀.

어떤 때는 마술사, 어떤 때는 신부.

인종, 성별, 연령, 체격, 복장, 인격, 직종. 모든 요소를 변화시키며 엄청난 속도로 책의 페이지가 넘어갔다.

"별을 움직이는 데 망설임이 없군."

[미래를 향한 길은, 미로 같은 거니까. 내 특기 분야지.]

아마도 두 사람 사이에서만 통할, 기묘한 대화였다.

[뭐, 내 미궁과는 달리 무엇을 【도달점】으로 삼을지는 사람마다 다르겠지만.]

페이지가 고속으로 넘어가고 페이지에 그려진 '얼굴'이 팔랑팔랑 거침없이 변화해 나갔다.

아주 예전의 활동사진을 보는 듯한 광경을 노인은 흥미롭게 바라보았고 전화기는 자신의 다이얼을 돌렸다가는 원위치시키는 행위를 반복했다.

그리고 얼마간 시간이 흐르자 페이지가 넘어가는 속도가 느려지기 시작했다.

화면상에는 한 동양인이 비춰져 있었다.

[또… 그래, 안경을 쓰고 있었을 거야.]

신중하게 페이지가 넘어가더니 얇은 프레임의 안경이 그 얼굴에 추가되었다.

"…그게, 중요한 문제인가?"

[글쎄? 도달한 결과에서 역산한 것뿐이니까. 의미가 **있는지 없는지**는 나중에 생각하면 그만이지.]

"흠."

노인은 최종적으로 펼쳐진 페이지에 적힌 정보를 바라보며 등 뒤에 자리한 전화기를 향해 말을 건넸다.

"그나저나, 네놈이 속세 일에 관여를 다 하려 하다니. 심심해 못 견디겠거든 거리로 나가라. 독서가라면 환영이라는 찻집 하나쯤은 있겠지. 거기서 마음껏 시간을 죽이면 될 것을."

[아니…. 시간 죽이기…를 하고 싶은 건 아냐. 이번 일은 나와도 다소 연관이 있어서.]

"…과연. **그 녀석**이 떠올릴 법한 일이군."

노인은 전화기가 내뱉은 말에 담긴 의미를 그 자리에서 이해하고서 누군가의 얼굴을 떠올리며 땅이 꺼져라 한숨을 내쉬고는—입가에 미소를 지었다.

"조금은 맥락이 이어졌나…. 그렇기에 손은 못 대겠군. 녀석은 침입자가 많으면 많을수록 기뻐할 바보니까. 이번 성배전쟁도 외부인으로서 지켜보도록 하지."

[응, 그래. 당신이 섣불리 간섭하면 세상이 확정되어 버리니까.]

역시나 그들 사이에서만 통할 기묘한 대화를 나눈 뒤, 전화기 너머에 있는 누군가—혹은 전화기 그 자체인 존재는 펼쳐진 서적에 그려진 인물을 보며 즐거운 투로 말했다.

[그녀의 우주가 단순한 위전僞典이 될지, 아니면 그 반대가 될지. 기대를 품고 지켜보자고.]

펼쳐진 페이지에는 한 소녀가 그려져 있었다.

머리를 금발로 물들인 동양인으로 보이는 10대 후반에서 20세 전후 정도의 소녀였다.

초상화 아래에는 A로 시작되는 이름이 적혀져 있다.

그리고 그녀를 중심―플레이어로 삼아―.

지금 여기서, 거짓과 허식으로 점철된 성배전쟁의 막이 열린다.

Fate strange Fake

페이트/스트레인지 페이크

자아….
가짜를 구축(驅逐)할 시간이야.

1장
『개전(開戰)』

길가메시란 어떠한 존재인가.

마스터인 티네 체르크가 사전에 알고 있었던 정보는 극히 일부에 불과했다.

하지만 그 사소한 정보만으로 그녀는 이 영령에게 자신의 운명과 선조들로부터 이어받은 집념을 모두 걸고자 결의했다.

영웅왕 길가메시.

머나먼 옛날. 훗날 메소포타미아라 불리는 땅의 영웅이자 위대한 왕.

아직 신이 신으로 존재했으며 인간이 지금보다도 '개개인'으로서의 힘으로 가득했던 시대에 고고呱呱의 소리를 터뜨린, 신과 인간 사이에서 태어난 반신반인의 영웅이자 우르크라 불린 성곽도시의 주인으로서 군림했던 존재다.

폭군이었기에 나라를 멸망시켰다는 설도 있고 정점을 찍은 시점에서 다음 세대의 왕에게 나라를 물려줬다는 설도 있지만—어떠한 결말을 맞이했건 그의 대에 우르크라는 나라가 화려한 번영을 이루었다는 사실에는 변함이 없었다.

그가 소유한 창고에는 온갖 무구와 신구神具가 축재되어 있다고 하며, 그것들은 후세의 영웅들이 사용한 보구의 원전이 되었다는 설도 있었다.

강한 신성神性을 지닌 그 영령은 일찍이 일본이라는 땅에서 펼쳐진 성배전쟁에 소환된 적이 있었다고 한다.

수많은 영웅들 중에서도 그 힘은 출중하여, 과거의 성배전쟁에서는 끝까지 살아남았다고 하나 그 전쟁이 어떠한 결말을 맞이했는지는, 티네도 알지 못했다.

풍문으로는 온갖 수단을 동원하여 팔면육비의 활약을 펼쳤다기보다는 주변에 있던 자들을 압도적인 힘으로 유린하는 듯한 전투방식을 취한다고들 했지만—티네는 그러한 일보다는 성곽도시를 세우고 수많은 재물을 수집한 그 사욕에 주목했다.

이 성배전쟁에 몸을 던지기로 결심한 순간부터 청렴함은 버리기로 각오했다.

사욕으로 인해 유린당한 자신들의 땅을 되찾기 위해서는 그것을 뛰어넘는 힘이 필요하다. 요컨대 찬탈자들을 능가하는 탐욕을 가슴에 품을 필요가 있다—.

적어도 티네는 **그렇게 배우며 자라 왔다.**

그렇기에 그녀는 수단과 방법을 가리지 않는다.

설령 폭군이라 해도 자신들을 유린한 상대를 더욱 가혹한 유린을 통해 제거할 수 있다면 그것으로 족했다.

자신의 명예가 아무리 진흙투성이가 되건 상관없었다.

땅을 더럽힌 자들을 쫓아내, 모든 것을 정화해야만 했다.

선조들로부터 물려받은 사명을 지키기 위해, 소녀는 마음을 버리고 힘 있는 폭군에게 자신의 모든 것을 제물로 바칠 셈이었다.

죽음에 대한 두려움 따위는 없었다.

그녀가 진정으로 두려워하고 있는 것은 선조들로부터 물려받은 땅이 외부인 마술사들에게 계속해서 능욕당하는 사태였으니.

하지만 그녀가 잘못 판단한 것이 있었다.

길가메시라는 영웅에 대한 인식은 잘못되지 않았다.

폭군이건 명군이건, 신과 인간이 뒤엉켜 살던 시대를 살던 영웅이라는 것이 어떠한 것인지. 현대를 살아가는 티네는 진정한 의미에서 이해하지 못한 것이다.

그녀는 단순히 길가메시의 역량을 잘못 파악한 것이다.

티네는 모른다.

과거의 성배전쟁에서 금빛 갑옷을 두른 영령은 압도적인 힘을 보였다고 한다.

하지만 길가메시라는 영웅에게 있어 그 전쟁은, 극히 짧은 시간을 제외하고는—**늘 자만심과 방심으로 가득한 것이었다**는 사실을.

길가메시란 어떠한 존재인가.

티네는 그에게 충성을 맹세한 직후, 그 해답의 일부이자 근원을 알게 된다.

왕의 자질을 지닌 자를 왕이게 하고, 영웅의 혼을 지닌 자를 영웅이게 하는 것.

영웅왕이라는 칭호에서 교만의 옷을 벗겨 낸 순간 보이는,

순수한 '힘'의 격류를.

×   ×

밤. 스노필드 북부. 대계곡.

"어린애면 조금은 어린애답게 굴어라. 만물의 도리를 깨우치기 전까진 그저 왕인 내 위광을 보며 눈빛을 빛내고 있거라."

"노력하겠습니다."

길가메시의 말에 소녀가 고개를 숙인 직후, '그것'이 일어났다.

"……?"

막대한 마력의 흐름이 주변의 공기를 휩쓸며 티네의 바로 옆에서 집속되기 시작했다.

"──?!"

단순한 마력이 아니었다.

그녀가 아는 것들 중 가장 순도가 높은 마소魔素. 아니, 신기라 해야 할 무언가가 영웅왕의 오른손에서 집속되어 물질화되더니 한 자루 단검의 형태를 이루었다.

하지만 단검, 이라는 한마디로 표현하기에는 다소 모양새가 기묘했다.

조금 전 티네가 없앤 마술사가 소지하고 있던, 길가메시를 소환할 때 쓰였던 촉매와 매우 비슷했다.

"열쇠…검?"

티네가 엉겁결에 중얼거리자 길가메시가 거만하게 답했다.

"조금 전에 봤던 광대가 훔친 열쇠 따위와 비교하지 마라."

길가메시는 열쇠검을 쥔 채 하늘을 향해 칼끝을 치켜들었다.

"이건 내가 직접 맺은, 형상화된 약정 같은 것이다."

나른한 말투이기는 했지만 그 표정에는 희미한 고양감이 배어 있었다.

"긴장해라, 티네. 그리고 내게 증명해 보여라."

"……?"

고개를 갸웃거리는 티네의 앞에서 '그것'이 열렸다.

열쇠검에서 뻗어 나온 마력이 주변 공간의 모든 것들을 침식해, 세계 그 자체의 문을 밀어젖혔다.

티네의 동료인 검은 옷차림의 집단이 술렁대기 시작했지만 수백에 이르는 인간들의 사사로운 목소리는 공간의 일렁임으로 인해 모두 지워졌다.

차원 그 자체가 흔들리는 듯한 진동 속에서 길가메시의 목소리만은 막힘없이 티네에게 전해졌다.

"결투―어린애 장난과 같은 것의 여파 정도로 기가 꺾여서는, 내 신하될 자격이 없음을 알아라."

그의 말이 끝나는 것과 거의 같은 타이밍에 공간의 일렁임은 한곳으로 집속되었다.

길가메시의 눈앞에 집약된 그 일렁임에서 한 자루의 검이 나타났다.

조금 전에 봤던 열쇠검과는 전혀 다른, 하지만 역시나 평범한 칼과는 다른, 독특한 도신을 지닌 한 자루의 검이었다.

길가메시는 어쩐지 즐거운 투로 눈을 가늘게 뜬 채 검에게 말했다.

"에아여. 갑자기 깨워 언짢을 테지만 잠시 향연에 어울려 다오."

다음 순간, 영웅왕이 움직였다.

"무얼, 심심하게 두지는 않으마. 단 한 사람도 말이다."

한없이 우아하게, 한없이 오만하게.

그리고 감출 수 없는 고양감을 내포한 한 걸음을 내딛자 그 모습이 티네 일행의 앞에서 홀연히 사라졌다.

단 한 걸음 만에 이쪽이 아닌 어디론가 이동했다.

그가 한 것은 그뿐이었지만—마술에 뜻을 둔 티네가 지금까지 느낀 적도 없으며, 어쩌면 앞으로도 느낄 일이 없을 듯한 압도적인 열량이 그 행동에 담겨 있었다.

마스터를 두고 자리를 뜨는 것은 서번트로서는 있을 수 없는 행동이었다.

모든 서번트는 소환되는 순간, 성배전쟁에 관한 시스템이 뇌에 새겨지게 되어 있었다. 그가 '마스터에게서 떨어지는 일'에 관한 위험성을 모를 리는 없었다.

하지만 어지럽게 돌아가는 상황에 압도된 티네는 그의 행동을 나무라지도 못했다.

그리고 영주를 써서까지 다시 불러올 생각도 들지 않았다.

앞으로 무슨 일이 일어날지, 눈에 새겨 둘 필요가 있다.

그런 예감이, 길가메시의 '힘'을 눈앞에서 본 소녀의 온몸으로 퍼져 나갔다.

감정을 지웠을 터인 소녀의 마음에 솟아난 것은, 미지의 존재에 대한 공포일까. 아니면—.

×　　　×

수십 초 전. 스노필드 서부. 대삼림.

"마스터, 잠시… 여기서 기다려 줬으면 해."

엘키두는 불안한 눈빛을 보내오는 은랑에게 그렇게 말하며 뺨을 쓰다듬어 주었다.

그러고는 마스터의 앞에 한쪽 무릎을 꿇으며 대지를 살며시 손으로 훑었다.

"괜찮아."

미소를 지음과 동시에 주변에 있던 나무들이 꿈틀댔다.

"숲이 널 지켜 줄 거야."

급속도로 우거지게 자란 잎가지가 그들의 모습이 하늘에서 보이지 않도록 감추더니 대지에 강력한 마력의 흐름이 소용돌이치기 시작했다.

마치 의지를 지닌 숲이 자신의 손으로 천연 결계를 만들어 낸 듯이.

"나는, 가야만 해. 여기서 '그'를 맞이할 수도 있지만, 숲을 죽이게 될 테고 무엇보다도 널 지켜 낼 방법이 없어. 허락해 주겠어?"

"——."

끄응. 엘키두는 작은 소리로 우는 은랑을 살며시 끌어안았다.

"고마워, 마스터. 이 목숨이 정지하지 않는 한, 난 네 곁으로 돌아오겠다고 약속할게."

길가메시가 티네 일행의 앞에서 모습을 감춘 것과 때를 함께하여, 엘키두 역시 대지를 한 걸음 내딛었다.

바람처럼 얌전하게, 샘물처럼 경건하게.

하지만 그 힘찬 걸음에 담긴 고양감만은 영웅왕과 동등했다.

×   ×

"…큰일 났군요. 숲에서 나가죠."

이변을 감지한 팔데우스가 무선을 통해 부하들에게 철수 지시를 내렸다.

"무슨 일입니까."

"마력—마나의 흐름이 바뀌었어요. 아마도 이 숲은 이미 '그것'의 지배하에 있을 겁니다."

그렇게 말한 팔데우스는 막대한 힘이 숲속을 내달리고 있음을 느꼈다.

소리도 없이, 숲을 상처 입히지도 않고, 대지를 타고 미끄러지듯 이동하는 그 모습은 그야말로 바람과도 같았다.

숲과 일체화된 듯한 그 영령의 기척에 두려움을 느끼면서도 팔데우스는 그 힘의 목적지를 확인한 뒤, 부하들에게 추가로 지시했다.

"…철수할 때, 사막에서는 최대한 떨어져 주십시오. 그쪽에는 무인정찰기와 사역마를 보내겠습니다."

그리고—스노필드 상공을, 대기를 유린하는 듯한 기세로, 동등한 힘을 지닌 '무언가'가 내달렸다.

팔데우스가 그 흐름을 감지한 것은 철수를 시작하고서 불과 몇 초도 되지 않았을 무렵이었다.

"설마, 정말인가요?"

앞으로 무슨 일이 일어나려는 걸까.

그것을 추론한 결과, 도출된 답을 팔데우스는 부정했다.

오히려 있어서는 안 되는 일이라며 애원을 하듯.

"세력도도 파악되지 않았을 텐데… 벌써, **시작할 생각인가요**?"

×　　　×

시내. 싸구려 모텔.

도시 중심부에서 약간 떨어진 장소에 위치한 도로변. 도시 안에서도 오래된 부류에 속하는 싸구려 모텔 안에서 푹 잠들어 있었을 터인 플랫이 눈을 떴다.

소년이 눈을 비비며 벌떡 일어나자 서번트인 잭이 말을 붙였다.

"왜 그러지, 마스터. 잠꼬대인가? 화장실에 갈 거면 말하도록. 나는 영체화해서 여기서 기다릴 테니."

"…방금 알아챈 건데 잠에서 깰 때 말 걸어 주는 거, 뭔가 캐릭터 상품으로 나온 자명종 같네요."

그렇게 말한 플랫은 자신의 왼쪽 손목을 쳐다보았다.

거기에는 스팀펑크풍의 예스러운 손목시계가 채워져 있었고, 잭의 목소리는 거기에서 들려왔다.

"본래는 영체화했어야 할 것을 '스파이 같아서 멋있으니까'

라는 한마디로 상황을 이렇게 만든 건 자네 아닌가."

잭은 현재, 플랫의 전용 손목시계가 되어 있었다.

플랫은 공원에서 모습을 감춘 뒤, '무엇으로든 변신할 수 있다'는 잭의 능력을 확인하기 위해 그를 인간에서 동식물, 하물며 무기물에 이르기까지 다양한 것으로 변신시켰던 것이다.
처음에는 '살인마 잭의 정체가 무기물일 리 없으니 무리겠지' 싶었지만 잭의 말에 의하면 '저주받은 아이템에 조종당한 사람들이 살인마 잭의 정체'라는 설정의 전기傳奇소설이 여럿 있는 모양인지, 그는 놀랄 만치 폭 넓은 것으로 변화해 보였다.
시험 삼아 손목시계로 변한 참에 디자인이 마음에 들었는지 플랫이 평소에 장착하고 다니며 신변의 안전을 꾀하기로 한 것이다.
샤워를 하거나 화장실에 갈 때 말고는 늘 장착하고 있으며, 처음에는 텔레파시로 이야기를 했지만 플랫이 '뭔가 시시하기도 하고 평범하게 얘기하는 게 더 재미있겠어요.'라는 마술사답지 않은 소리를 하는 바람에 이렇게 사람 눈이 없는 곳에서는 음성을 매체로 대화를 하고 있었다.
그런 플랫은 침대에서 내려오며 모텔에 달려 있는 시계와 잭이 변신한 시계를 번갈아 보았다.

"그나저나 굉장하네요. 시간이 전혀 틀리지 않아요."

"뭐, 영국신사는 시간에 엄격하니까, 라고 말해 두지. 내 정체가 신사일 경우에나 해당되는 이야기겠지만."

"신사가 연속살인 같은 걸 할까나아."

"……."

무의식중에 잭의 마음을 후벼 판 뒤, 플랫은 세면장으로 가 세면대의 배수구를 마개로 막고 물을 받기 시작했다.

"뭘 하는 거지?"

영령 손목시계가 그렇게 말하자 플랫은 손가락을 물로 적시며 물었다.

"뭔가, 느껴지지 않나요?"

"음…."

잭이 말문이 막혀 있자 마스터인 소년은 세면대에 달린 거울을 손가락으로 훑어 간이적인 마법진을 그려 나갔다.

"요란한 마력의 '노이즈' 두 개가 남쪽을 향해 움직이고 있어요."

그러자 손목시계에서 다소 겸연쩍은 듯한 잭의 목소리가 들려왔다.

"자랑은 아니지만 나는 기본적으로 마술사로서의 소양이 그다지 없네. 마술사로 변하면 그에 맞춰 능력이 올라가겠지만 **이 모습**으로 마력의 변이를 감지하는 건 무리야."

"레이더로 변하면 감지능력이 올라갈지도 몰라요."

"…자네 정말 시계탑의 마술사 맞나?"

플랫은 의심 섞인 잭의 말에도 아랑곳 않고 담담히 손가락을 계속 움직여 마법진을 완성시켰다.

그리고 거울에 대고 뭔가 주문 같은 것을 속삭이자―세면대에 고인 물에 변화가 일어났다.

수면에 파문이 잇달아 퍼져 나가더니 거기에 어떠한 비전이 떠올랐다.

사막의 모습을 비춘 수면을 보더니 손목시계가 바늘을 모로 꼬며 말했다.

"이건?"

플랫은 그렇게 묻는 잭에게 담백하게 대답했다.

"사역마로 사막을 감시하고 있는 마술사가 있기에 **살짝 엿보고 있어요**."

"…뭐라?"

"이제 와서 제 사역마를 날려 봐야 늦을 것 같아서요."

태연하게 말하는 플랫.

잭이 마술의 전문가는 아니라지만 성배 시스템을 통해 기초적인 지식은 익혔다.

그 기초적인 지식으로 미루어 보아도 '타인의 사역마의 시각 정보를 훔쳐본다'는 것은 간단한 일이 아니라는 것을 알 수 있었다.

하물며 이제 막 마술을 배운 초심자라면 모를까, 성배전쟁을 구경하러 왔거나 마스터로서 참가할 법한 마술사가 행사하는 마술에 끼어드는 짓이 정상적으로 보이지는 않았다.

만약 그런 짓을 간단하게 할 수 있다면, 사역마라는 시스템 그 자체가 붕괴해 버리지 않을까?

그런 의문이 머릿속에 떠올라 잭은 말했다.

"정말로 그런 일이 가능한 건가? 아니, 설령 가능하다 쳐도… 위험하지는 않은 건가? 역탐지당하면 이쪽의 위치가 들통 날 텐데."

"음~, 들키지 않도록 하고 있기는 하지만…. 절대로 안 들킬 거라고 장담은 못 할지도…. 교수님이라면 탐지는 못 하겠지만, 위화감을 통해 나중에 저라는 걸 알아챌 테고…. 루비아 정도의 수준이라면 마력을 역류시켜서 이 모텔이 폭발할지도…."

중얼중얼 불안한 투로 말한 뒤, 소년은 정신을 다잡고서 말을 이었다.

"뭐, 만약 들키면 죄송합니다, 하고 성심성의껏 사과할게요!"

순진하게 미소 짓는 플랫을 본 잭은 마음속에 찬바람이 부는 것을 느끼며 중얼거렸다.

완전한 정답은 아닐지 몰라도 극히 일부나마, 플랫이라는 마스터의 본질을 나타내는 한마디를.

"자네는… 사람을 죽였을 때도 똑같은 소릴 할 것 같아서 무섭군."

×　　　×

스노필드 남부. 사막지대.

도시 남쪽의 탁 트인 사막지대.

콜로라도 사막이나 애리조나 사막만큼 넓지는 않지만 도시에서 보면 지평선이 한없이 이어져 있어, 섣불리 발을 들였다가는 조난당하기 십상일 듯했다.

그런 사막의 중심 부근에서 **그들**은 드디어 마주했다.

이곳은 숲도 도시도 보이지 않고, 그저 사막과 건조지대 특유의 풀이 드문드문 자라 있을 뿐인 공간이었다.

먼저 그곳에 도착해 기다리고 있던 창병의 영령―랜서, 엘키두는 조용히 밤하늘을 올려다보았다.

무수한 별들이 내뿜는 광채를 지우듯, 금빛 그림자가 떠올라 있었다.

황금의 갑옷을 두른 채 손에 한 자루의 '무언가'를 쥐고 있는 궁병의 영령―아처였다.

엘키두는 상공에 있는 남자가 손에 든 '무언가'의 정체를 안다.

그가 하늘에 떠있을 수 있는 것은 특수한 보구의 힘 덕분이라는 것도 안다.

그리고—당연히 그 남자가 누구인지도.

하늘과 땅.

거리로 말하자면 대략 120미터.

두 영웅이 눈을 마주쳤다.

대지를 내려다보는 눈과 밤하늘을 올려다보는 눈. 하지만 그 시선은 같은 높이에 나란히 있었다.

상대의 모습을 각각 확인한 두 사람은 아무런 대화도 나누지 않았다.

하지만 다음 순간, 완전히 같은 타이밍에 입가가 풀어지더니—웃었다.

그들은 그저, 조용한 미소만을 서로에게 보냈다.

마치 그거면 족하다는 듯이.

×　　　×

같은 시각. 스노필드 도심부. 건물 옥상.

이름 없는 어새신은 스노필드 중심부에 있는 빌딩들 가운데 가장 높이 솟은 카지노 호텔, '크리스털 힐'의 옥상에 서 있었다.

도시 주변의 지형을 확인하고 성배전쟁에 연관된 자들의 기척을 감지하기 위해.

눈에 띄는 행동이었지만 그 결과 자신을 노리는 자가 나타나면 차라리 일이 쉬워진다.

그런 우직하리만치 솔직한 동기로 건물 옥상에서 도시의 상황을 살피던 그녀는—.

문득 어느 방향으로 눈을 돌렸다.

도시의 남쪽. 그 끝에는 사막의 지평선밖에 보이지 않았다.

"……."

하지만 광신자는 시선을 떼지 않고 그저 하염없이 하늘과 땅 사이를 노려보고 있었다.

"호오…. 축제의 시작인가?"

다른 빌딩 옥상에서 그녀의 동태를 살피던 흡혈종 마술사—제스터 또한 그 이변을 알아챘다.

그의 기척감지능력은 그리 뛰어난 편이 아니었다.

그럼에도 불구하고 그는 도시 남쪽에서 전해져 와 짜릿짜릿 등을 타고 퍼지는, 무언가의 기척을 느끼고 있었다.

오랜 시간을 살며 생과 사의 틈새에서 활보해 온 자로서의 본능일까.

곧 저 사막 어딘가에서 무슨 일이 일어난다.

마술감지와는 다른 종류의 센스로 그런 예감을 느낀 그는 사악한 미소를 지으며 중얼거렸다.

"이 싸움은 나와 그녀의 버진로드다. 모쪼록 화려한 불꽃을 쏘아 올려다오."

×　　　　×

스노필드. 사막지대.

서로 미소를 주고받은 것을 계기로 길가메시가 움직였다.

손에 쥔 기이한 검―'괴리검 에아'가 발동하여 보구로서의 진정한 모습을 드러냈다.

보구.

영령들이 지닌, 자신을 구성하는 개념의 일부라 할 수 있는 존재다.

혹은 영웅이 평생 지니고 다녔던 무구, 혹은 자신의 몸의 일부, 혹은 그 영웅의 영혼 그 자체라 할 수 있는 풍경을 본뜬 공간 등, 그 존재의 형태는 영령에 따라 천차만별이었다.

모든 보물을 손에 넣은 길가메시에게 있어 어정쩡한 보구는 창고 안에 아무렇게나 처박아 둘 뿐인 존재에 불과했지만―그 검은 길가메시가 소유한 보구 중에서도 유달리 귀중히 여기는,

몇 되지 않는 예외 중 하나였다.

하지만 그 검에 이름 같은 것은 존재하지 않았다.

에아라는 것도 길가메시가 붙인 편의상의 별칭에 불과했다.

극단적으로 말하자면 그것은 검조차 아닐지도 모른다.

좌우간 그것은 검이나 창과 같은 것이 역사에 모습을 드러내기 전부터 존재했던 것이니.

인간, 어쩌면 별이 존재하기도 전.

신이 세상을 개벽하기 위해 휘두른, 순수한 힘 그 자체를 구현화한 재보財寶 중의 재보.

이 별에 존재하는 모든 것의 시작. 하늘과 땅을 개척한 것.

무無를 갈라 하늘을 이루고, 하늘을 꿰뚫어 무로 되돌려 놓는 힘.

시작과 끝을 상징하는 그 힘은 신의 인자因子를 이어받은 길가메시만이 다룰 수 있었다.

따라서 길가메시가 그 검을 온 힘을 다해 휘두른 순간, 그것은 다음과 같이 분류되었다.

대계보구對界寶具.

대인對人, 대군對軍, 대성對城 등, 공격용 보구는 성질에 따라 랭크가 바뀐다.

영령 사이에서 벌어지는 일대일 전투에서는 대군, 대성보구보다 대인보구 쪽이 유용한 경우도 많았지만 대계보구로 말하자면, 그러한 상성이니 상황 같은 차원으로는 가늠할 수 없을 정도의 힘을 지녔다.

세계 그 자체를 멸망시킬 수도 있는, 절대적인 무력.

상대가 개인이건 집단이건, 소속된 세상째 무너뜨린다.

영웅왕이 온 힘을 다해 내지른 일격이란 요컨대 그러한 것이었다.

그러한 힘이 지금, 불과 하나의 영령에게, 아무런 망설임 없이 행사되려 하고 있었다.

놀이나 장난 같은 것이 아니다.

강자 특유의 자만심을 지운 영웅왕에 의한, 지금의 자신을 모두 드러낸 일격.

대지에 선 영령—엘키두.

이 일격은 가장 오랜 벗이자 유일한 벗에게 보내는 말이었다.

왕으로서, 영웅으로서, 그리고 길가메시라는 개인으로서 모든 것을 다해 보내는, 재회의 기쁨으로 가득한 노래였다.

"에아여, 실컷 노래하거라."

길가메시는 눈 아래 있는 영령이 아닌 손에 쥔 검에게 말을 붙었다.

그에 호응하듯 길가메시가 지닌 원통형 검이 착암기처럼 회전하며 공기를 둘렀다.

소용돌이치는 바람이 더욱 많은 공기를 끌어들여, 작은 회오리바람을 일으켰다.

회오리바람들이 포개어져, 더욱 거대한 공기의 뒤틀림을 낳고―모든 것이 검에 모여 압축되기 시작했다.

물리적인 한계를 넘어 밀도를 높여 가는 공기층은, 이윽고 만물을 가르는 흉기가 되어 공간 그 자체를 집어삼키기 시작했다.

소리와 빛마저도 뒤틀림 속으로 집속되어, 정적과 어둠이 검의 주변에서 소용돌이치기 시작했다. 마치 생물처럼 으르렁거리기 시작한 검의 손잡이를, 길가메시는 더욱 강하게 움켜쥐고는―막 재회한 친구를 향해 망설임 없이 내리쳤다―――――――――.

"…천지를 괴리시키는 개벽의 별―에누마 엘리시!"

뒤틀림이, 터져 나갔다.

에아 곁에서 집속되어 한계를 넘도록 압축된 삼라만상이, 참격과 함께 해방되었다.

방출된 압력은 주변 공간 그 자체에 균열을 낳았고, 그 틈새에 자리한 허무에 빨려드는 모양새로 세상 그 자체가 뒤집히기 시작했다.

그 광경을 검 한 자루로 자아냈다 말한들 그 누가 믿을까.

갈라진 공간의 틈새에서 고개를 내민 허무가 주변 공간을 더욱 크게 갈라놓아, 세상 그 자체가 무수한 균열에 침식되어 갔다.

모래로 된 대지는 점토처럼 찢어졌고 하늘도 구름도 아무렇게나 찢어져 나갔다.

마치 종이에 그린 풍경화를 믹서에 넣고 돌린 듯한 지옥이 펼쳐졌다.

참격이라는 이름의 침식이 별을 비틀어 찢으며 지상의 영령을 향해 돌진했다.

그리고 엘키두는——.

× ×

경찰서.

마술사 나부랭이이기도 한 경찰서장—올란도 리브 역시 도시 남쪽에서 소용돌이치는 기척을 감지하고 있었다.

"시내에서도 미세한 마력이 무수히 감지되고 있습니다. 아마도 잠입 중인 마술사들이 사역마를 사막에 푼 듯합니다."

부하가 올린 보고에 몇 초간 입을 다문 뒤, 서장은 조용히 창밖을 바라보았다.

불과 방금 전, 여섯 명의 서번트가 모두 모였다는 보고는 들었다.

하지만 설마 이렇게 빨리 상황이 움직이리라고는 생각도 못했다.

팔데우스와 '꼰대'의 간계가 아닐까 의심했지만 지금 추궁해 봐야 의미가 없었다.

아득히 멀리 떨어진 이곳에서도 몸이 떨려 올 정도의 '힘'이었다.

수십 킬로미터 떨어진 곳에서 벌어진 일이라지만 강 건너 불구경이나 하고 있을 만큼 마음이 편한 일은 아니었다.

소름이 살짝 돋을 것만 같은 둔탁한 파동이 서장의 온몸에 경보를 울렸다.

어릴 적, 최대 클래스의 거대한 회오리바람이 자신들이 사는 도시로 닥쳐오는 것을 목격했을 때의 감각과 몹시 비슷했다.

올란도는 오장육부에서 솟구치는 온갖 감정을 억누르며 냉정한 말투로 부하에게 말했다.

"…실행부대를 모두 불러라. 상황이 개시되었음을 통지하겠다."

본래 이 자리에 모을 필요는 없을지도 모른다.

실제로 몇 분 전까지는 개별 연락으로도 충분하리라 생각하고 있었다.

하지만 마력의 격류를 몸으로 느끼고서 인식을 새롭게 한 그는, 향후의 계획을 미세 수정하기로 했다.

이 시점을 계기로 이 성배전쟁을 '마술사끼리의 투쟁'으로 치부할 수 없게 되었다.

그렇기에—자신은 실행부대의 면면들에게 말해야만 한다.

울타리 밖에 있는 전쟁에 발을 들일 그들의 등 뒤에, 언제나 정의의 깃발이 나부끼고 있다는 사실을 전하기 위해.

일시적인 위안에 불과한 정신론으로 이길 수 있을 정도로 무른 싸움이 아니다.

하지만 정말로 절박한 싸움 속에서는, 그 일시적인 위안이 있고 없고의 차이가 생사를 가르는 일도 있다.

쓸 수 있는 수는 모두 써 둬야 한다.

서장은 사막 공간 그 자체가 뒤틀려 가는 것을 감지하고는 확신했다.

정의.

그러한 언령言靈을 보험으로 새겨 둬야 할 정도로 자신들의 적은 강대한 존재라는 것을.

× ×

사막지대.

거짓된 성배전쟁의 개막을 알리는 일격은―본래는 성배전쟁 최후의 일격이 되어도 이상할 것이 없는 수준이었다.

대부분의 영령은 좌우간 '에아'를 뽑게 하지도 못하리라.
왕이 '검을 휘두르기에 걸맞다'고 판단한 영령들 중 태반은 그 힘에 경탄하면서도 왕에게 도전할 것이다.
천지개벽의 힘 앞에 선 영웅들의 눈에는 온갖 감정이 서린다.
각오, 결의, 두려움, 경외심, 두려움, 증오, 혹은 환희.
하지만 죽음과 허무의 덩어리인 이 세상의 지옥을 눈 앞에 두고 **미소를 지으며 그리움에 젖는** 영령은, 단 한 명밖에 존재하지 않을 것이다.

―아아.
호탕한 힘이 천지를 유린하고 세계 그 자체를 가르며 자신에게 닥쳐드는 가운데, 엘키두는 깊은 안도감이 섞인 미소를 지어 보였다.
자신을 숨기지도 속이려 하지도 않는, 모든 것을 드러낸 일격이었다.

신대神代 시절만큼의 힘은 아닐지라도 그 힘의 질은 조금도 변하지 않았다.

—기쁜걸, 길.

—또 너와 이렇게… **성능을 비교할 수 있다니.**

인간을 싫어했으나 누구보다도 인간답고, 신을 거절했으나 누구보다도 성스러운.

삼라만상의 정점인 영웅왕이 자신을 진심으로 상대해 준다.

그렇다면 자신도 그에 응해야만 한다.

그렇게 생각한 영령은 부드러운 동작으로 몸을 비틀었다.

"이 시대에 맞춰 말하자면… 이런 식이 되려나."

땅이 갈라지는 모양새로 닥쳐드는 허무 앞에서, 영령은 더더욱 짙은 미소를 지은 채—.

영혼의 태세를 순식간에 전환시켰다.

"나도… **풀 스로틀로 갈게**, 길."

그리고 모든 것이 돌기 시작했다.

×   ×

북부. 대계곡.

"이건… 대체…?"

티네 체르크는 혼란에 빠져 있었다.

사역마인 콘도르에게 영령의 뒤를 쫓게 하기는 했지만 도무지 따라잡을 수 있을 것 같지가 않았다.

하지만 남쪽에서 느껴지는, 대지를 뒤흔드는 진동으로 미루어 뭔가 일어나고 있다는 것은 알 수 있었다.

길가메시는 이곳을 떠나기 직전에 '이 전쟁에 내가 제 실력을 발휘할 만큼의 가치가 생긴 것 같다'고 했다. 요컨대 그는 저 대지를 뒤흔드는 포효의 주인공인 서번트와 제 실력을 발휘해 싸우러 갔다는 뜻이리라.

자신의 몸에서는 대량의 체내 마력인 정기精氣―오드가 흘러나가고 있었다.

계약한 서번트에 대한 마력 공급은 토지에 준비된 성배와 마스터 자신의 마력으로 충당된다.

티나는 이 땅에 있는 한, 지맥에서 솟아난 마나를 그대로 오드로 변환할 수 있었지만 그래도 긴장을 풀면 온몸의 마력이 빨려 나갈 것만 같은 기세였다.

너무도 급격한 변화에 티네의 마술회로가 비명을 질렀다.

하지만 그녀는 얼굴을 찌푸리지도 않고 그저 인내했다.

자신을 믿고 따라와 준 동료들 앞에서 섣불리 약한 모습을 보일 수는 없는 노릇이었다.

게다가 이 정도로 겁을 내서는, 그야말로 길가메시가 말했듯이 '왕의 신하'가 되지 못하리라.

세상 그 자체를 파괴할 기세의 보구.

사역마인 서번트와의 감각공유도 텔레파시도, 길가메시 쪽에서 차단한 상태였다. 그런 탓에 현지에서 무슨 일이 일어나고 있는지는 알 수 없었지만, 이 마력의 흐름만으로도 알 수있는 일이 있었다.

이 힘과 부딪힌 상대에게, 살아남을 방법 따윈 존재하지 않으리라.

일찌감치 장기짝을 하나 줄였다는 사실에 기뻐해야 할지, 손에 든 패를 다른 마스터의 진영에 들킨 일을 우려해야 할지. 그런 고민에 빠져 있던 소녀는 다음 순간, 더더욱 당황하게 되었다….

"……?"

대지와 마력을 공유하는 특수한 마술사이기에 그녀는 이 거리에서도 '그것'을 감지할 수가 있었다.

"…설마!"

사막지대에 길가메시의 힘에 대항할 수 있을 정도의 마력이 흘러들고 있었다.

길가메시가 지닌 보구의 영향처럼도 보였지만 그와는 다른 종류의 힘이었다.

지맥 정도는 상대도 되지 않았다.

마치 별 그 자체가 힘을 한곳에 욱여넣고 있는 듯, 막대한 마나가 집속되어 갔다.

세상 그 자체를 파괴할 듯한 길가메시의 힘에 별의 억지력— 가이아 그 자체가 대항하려 하는 것이 아닐까 하는 착각이 들 정도였다.

그리고 그녀는 이해했다.

지금, 남쪽 사막에서 영웅왕과 맞서고 있는 영령은—.

최소한 그와 동등한 힘을 지닌, 그야말로 '규격 외'의 존재라는 것을.

×　　　×

사막지대.

엘키두가 랜서의 영령으로 현현한 것은 그가 지닌 보구 탓이리라.

하지만 보구라는 것은 다소 정확한 표현이 아니다.

신과 인간을 연결하기 위한 쐐기. 그것이 엘키두의 본질이었다.

일설에 의하면 길가메시는 신이 힘을 잃지 않도록, 인간이

신을 신으로서 계속 숭배하게끔 하기 위한 쐐기로써 지상으로 보낸 존재라고도 한다.

하지만 자신의 사명을 잊은 것인지, 아니면 일부러 무시한 것인지. 영웅왕은 그 역할을 수행하지 않고 자신의 손으로 신과 인간의 별리別離를 재촉하는 듯한 통치를 했다.

자신의 사명을 수행하지 않는 영웅왕을 바로잡고, 질책하고, 규탄하기 위해 박아 넣은 창—요컨대 반기를 든 자를 꿰어 쐐기를 신의 손으로 되찾아온다는 개념하에 태어난 신조병기神造兵器인 탓에 그는 랜서의 클래스로 성배에 선택되었을 가능성이 컸다.

그리고 그의 보구—요컨대 자신의 몸을 무구로 삼은 일격이야말로 가장 랜서다운 면을 체현한 것이라 할 수 있으리라.

그는 그저 세상을 꿰어, 이어 붙였다.

하늘과 땅 사이에 벽이 있다면 그것을 개념째 꿰뚫는다.

하지만 길가메시가 신들에게 반기를 들었던 것과 마찬가지로, 신들은 한 가지 오산을 했다.

땅에 떨어져 인간과 관계를 가짐으로 인해 지혜를 얻은 그 '병기'는 그 나름의 방식으로 신과 인간 세상을 이으려 했다. 쐐기를 들고 신들의 곁으로 가려 했다. 바꿔 말하자면 다가가려 했다.

요컨대 신이 인간을 지배하는 것이 아니라—.

인간이라는 존재를 신의 영역까지 끌어올리려 했다.

그렇기에 그는 하나의 '시스템'으로서 선택했다.

속세를 다스리는 왕이 휘두르는 병기로서 세상을 진화시키기 위해 **쓰이다 망가지는** 길을.

그리고 한 사람의 '인간'으로서 선택했다.

왕에게서 고독을 거두고, 늘 곁에 나란히 서는 존재가 되기로.

영원불멸함을 깨부수는 붕격崩擊이 몸을 덮친 순간―.

별이 울었다.

엘키두의 발치에서 막대한 양의 마나가 솟구쳐, '천지를 괴리시키는 개벽의 별―에누마 엘리시'의 참격을 정면에서 감쌌다.

"…사양할 것 없어."

그것은 자신과 맞서고 있는 영령을 향한 말이 아니었다.

영웅왕이 에아에게 말했던 것처럼―.

엘키두는 공간의 균열째로 허무를 감싸고 뒤섞인 대량의 마나―혹은 이 별 그 자체에게 말을 붙였다.

"나는 병기야. 마음껏 부려 줘."

찰나, 그때까지 솟구친 마나는 맛보기에 불과했다는 듯, 몇 배나 되는 마나가 지표에서 분출되더니 마력의 회오리바람이 되어 엘키두의 몸을 휘감았다.

그리고 마력은 한 사람의 영령을 핵으로 천지를 관통하는 거대한 빛의 창이 되었다.

그것은 생명을 유포하는 개념.

원초의 공포를 극복하기 위해 당긴 불씨.

인간과 함께 지옥을 걸어 나가면서도 '그것'은 낙원을 노래했다.

천지의 괴리쯤 아무것도 아니라며.

과거는 미래로. 미래는 영원으로.

대지는 바다와 함께 하늘로 이어지리라.

생명이라는 업業 그 자체에 새겨진 공포 탓에 인간은 끝내 유전자마저도 뒤바꿀 것이다.

병기이자 도구이기도 한, 형태 없는 진흙 인형.

인간과 함께 걸으며, 벗이라는 기쁨을 얻은 '그것'은 외친다.

이 세상은 이미 지옥이기에 인간은 낙원을 스스로 창조하여 원초조차도 집어삼키리라고.

"―'인간이여, 신과 그대들을 이어 주마―에누마 엘리시'―!"

'그것'이 지상을 향해 내던져졌을 때와는 반대로, 신기를 두른 강격剛擊이 하늘을 향해 내질러졌다.
신들이 벼린 창―엘키두는 무수하게 찢어진 세상을 꿰매는 모양새로, 일직선으로 돌진해 아직도 세상을 찢어발기고 있는 '괴리검 에아'와 정면으로 격돌했다.

그리고――.

×　　　×

'꿈속'.

"…뭐지?"
침대에서 잠들어 있던 쿠루오카 츠바키는 땅이 흔들리는 듯한 감각에 눈을 떴다.

졸린 눈을 한 채 창밖으로 고개를 돌려 봤지만 딱히 이상한
점은 없었다.

그렇게 생각한 순간—먼 하늘이 때때로 명멸하더니 조금 늦
게 대기를 가르는 듯한 둔탁한 소리가 들려왔다.

"천둥!"

오싹한 한기가 소녀의 등을 타고 퍼지는 바람에 그녀는 그대
로 침대 위에서 모포를 두르고 몸을 움츠린 채 바들바들 떨기
시작했다.

"죄송해요, 죄송해요…."

대체 무엇에게 사과를 하고 있는 걸까. 어린 소녀는 천둥을
향해 사죄의 말을 연신 중얼댔다.

어린 시절부터 부모가 자신에게 해 온 '마술실험'에는 익숙
했고 적의가 없는 영체를 두려워하는 일도 없었지만, 천둥이며
지진과 같은 자연현상은 공포의 대상인 모양이었다.

"천둥, 무서워어…."

그러자—방구석에 있던 '어스름'이 벌떡 일어나 창밖에서
흘러 들어오는 빛과 소리로부터 소녀를 지키기 위해 침대를 살
며시 감싸 안았다.

그리고 '어스름'의 등에서 또 하나의 '어스름'이 분리되더니
창틈으로 몸을 밀어 넣어 집 밖으로 뛰쳐나갔다.

꿈속 세계.

사람의 기척은 거의 없었다.

이쪽으로 불려 온 츠바키의 부모님은 반듯하게 잠자리에 누워, 죽은 듯이 잠들어 있었다.

'어스름'—페일 라이더의 일부는 자신의 마력으로 일으킨 북풍을 타고 도시 남쪽을 향해 나아갔다.

이 기묘한 세계는 츠바키의 '마력'과 그녀의 '꿈', 그리고 스노필드라는 토지 그 자체에 준비된 성배전쟁의 '토대'가 링크되어 만들어진, 의사적擬似的인 세계였다. 마술사들이 고유결계라 부르는 심상세계의 구현에 가까운 것이었지만, 토지에 가득 채워진 마력과 츠바키의 소양이 여러 조건을 만족시킨 결과 생겨난 공간으로, 당연히 무한히 이어져 있는 것은 아니다.

세계의 범위는 성배전쟁의 토대가 된 '스노필드 일대'로 한정되어 있으며, 이 세계에는 여러 가지 '규칙'도 존재했지만—무의식중에 이 현상을 일으킨 츠바키 본인은 모르는 일이었다.

그녀의 바람은 단 하나. 사랑하는 가족과 행복한 나날을 보내는 것.

마스터인 츠바키가 그것을 바라는 한, 페일 라이더는 그것을 이루고자 힘을 휘두를 뿐이다.

감정도, 성배를 바라는 마음도 없이.

그저 시스템으로서 담담히 마스터의 바람을 계속해서 성취하는 존재.

기능이 대폭 한정된 원망기顧望機—성배 같은 것이다.

츠바키 역시 진짜 성배를 바라는 엉뚱한 바람 따위는 없다.

그렇다면, 이 꿈속에서 그녀가 노쇠할 때까지 영원히 살 수 있다면, 그녀들은 이미 성배전쟁의 승자나 다름없다 할 수 있으리라.

페일 라이더는 그저 묵묵히 그녀를 지킬 따름이다.

그녀의 불행을 걷어 내고자 움직일 따름이다.

예를 들어 지금은, 꿈속에 천둥소리라는 형태로 나타난 **현실 세계의 뒤틀림**을 지우기 위해 꿈틀대고 있다.

페일 라이더에게 감정은 없으며 '병에 대한 인류의 두려움'이 끊일 일도 없다.

따라서 그에게 멸망이라는 개념은 없다. 따라서 그는 두려워하지 않는다.

설령, 묵시록의 시련 그 자체라 해야 할 강자들이 그 앞을 가로막고 있다 해도.

×   ×

현실. 사막지대.

힘과 힘.

보구와 보구.

신기와 병기.

두 '극한'의 접촉에 의한 충격은 공간의 뒤틀림과 함께 주변의 모든 것을 쓸어버렸다.

서로의 일격 틈새에서 막대한 에너지가 승강이를 벌였다.

머나먼 옛날, 고대도시 우르크에서 그 영웅들의 충돌을 본 성창聖娼은 이런 착각을 했다고 한다.

'세상이 일곱 번 태어나, 일곱 번 멸망하는 것만 같았다'—라고.

그 정도의 힘이 소용돌이치는 가운데, 두 사람의 영령은 여전히 미소를 유지하고 있었다.

여유가 있는 것은 아니다.

조금이라도 긴장을 풀면 자신의 몸은 소멸해 버리리라. 그 사실은 양쪽 모두 알고 있었다.

하지만 그런 것은 사소한 문제에 불과했다.

그들에게 있어 이것은 어린애 장난이나 다름없었다.

어린애들의 자존심 싸움 그 자체였다.

하지만.

그렇기에—.

두 사람 사이에는 인정도 양보도 존재하지 않았다.

그저 서로의 힘을 비교하고 싶다. 겨루고 싶다. 주먹과 주먹을 부딪치고 싶다.

　성배전쟁의 적대관계 따위는 그저 계기에 불과했다.

　벗이 벗으로서 그곳에 존재한다는 사실을 실감하는 데 가장 빠른 방법.

　그것이 우연히 주변에 있는 모든 것을 집어삼킬 정도의 싸움이었던 것뿐이다.

　그리고 상쇄된 보구의 에너지가 두 사람의 주변에서 무산되었다.

　무산되었다 한들 주변에 소용돌이를 일으킬 정도의 힘이 남아 있는 상태였지만.

　"안도했다."

　바람이 휘몰아치는 가운데, 두 사람은 나란히 지상으로 내려왔다. 길가메시는 그제야 입을 열었다.

　"**유달리 그리운** 모습에 당황하기는 했지만 속까지 젊어진 건 아닌 듯하군."

　아무래도 엘키두의 모습은 두 사람이 처음 맞섰을 때의 모습인 듯했다. 엘키두는 본래 정해진 형태가 없는 진흙 인형이기에 시기에 따라 다소 모습이 바뀌었던 것일지도 모른다.

　영웅왕은 한없이 거만한 태도이기는 했지만 그래도 다른 자를 대할 때와는 확연히 다른 태도로 말을 자아냈다.

　"하지만… 굳이 사막에서 나를 맞다니, 여전히 방자한 녀석이구나. 나를 환대하는 것보다 숲을 먼저 걱정하는 머저리는 너 정도뿐일 거다."

정말로 환대받기를 기대한 것은 아니었지만 가벼운 비아냥거림을 섞어 말을 입에 담았다.

"살풍경한 땅이라고는 하나 모래 속에 사는 벌레와 쥐도 있을 텐데. 드디어 너도 생명을 선별할 수 있을 만큼 완성되어 버린 거냐?"

그 말 역시 통렬한 지적처럼 들렸지만 거기에 악의는 눈곱만큼도 없었다.

오만으로 빚은 듯한 남자에게 방자하다는 말을 들은 엘키두는 고개를 가로저으며 답했다.

"나한테는 그럴 자격이 없어. 도구인 내가 어떻게 행동할지는 사용자에게 달린 일이지. 아, 하지만 이 일은 내가 직접 판단해서 선택한 거야. 사막에게 원망을 사는 건 나 하나면 족해."

그러자 길가메시는 어이가 없다는 듯 말했다.

"아직도 그런 소릴 하는 거냐. 넌 한 번 죽어도 변하질 않는구나."

"그러는 너는 이미 생전에 폭군으로 다시 태어났잖아."

소년시절에는 현왕賢王이라 불렸던 길가메시에 대한 비아냥거림이라 볼 수도 있는 말이었지만 이쪽에게도 역시나 악의는 없었다.

"그건 그렇군. 어린 날의 내가 지금의 나를 알게 된다면, 그야말로 자해라도 할 테지."

동굴 안에서 현현했을 때와는 다른 사람이 아닌가 싶을 정도로 가벼운 말투라, 평소의 그를 아는 마술사가 보았다면 '왜 저 성별도 알 수 없는 영령은 아직 죽지 않은 거지?' 하고 의아해했으리라.

이유는 많고도 많았지만 의아해 하는 마술사들이 간단히 납득할 만한 객관적인 사정이 ― 길가메시의 주관으로는 눈곱만큼도 납득하지 못할 이유가 ― 하나 있었다.

영웅왕이라 해도 간단히 죽일 수가 없다.

그 정도의 힘을 이 영령이 지녔을 뿐이다.

이 사실은 방금 전의 격돌을 본 자라면 누구 할 것 없이 납득하리라.

그리고 두 사람의 장난은 아직 끝나지 않았다.

길가메시가 쥔 '에아'의 도신이 다시금 회전하기 시작했고, 그에 호응하듯 길가메시의 등 뒤에 펼쳐진 공간이 빛나기 시작했다.

"그럴까? 어릴 적의 네가 샴하트가 말했던 대로의 아이라면, 그래도 사는 길을 선택했을걸? 미래가 아니라 현재라는 순간을 살던 우르크의 백성들을 위해서 말야."

엘키두의 발이 대지와 동화하자 주변의 모래가 꿈틀대기 시작했다.

마치 엘키두의 몸의 일부가 된 듯, 모래는 무수한 촉수가 되어 기동했다.

길가메시는 그것을 보고는 다시금 보구의 힘을 써서 하늘로 떠올랐다.

그러자 그의 공간 뒤편에서 열린 보물고, 즉 '왕의 재보―게이트 오브 바빌론'에서 수십, 수백에 이르는 '보구'가 고개를 내밀었다.

거의 동시에 엘키두가 조종하는 대지의 촉수 끄트머리가 창이며 검, 혹은 활 등 각기 다른 무구로 모습을 바꾸었다.

그리고 한 박자 뒤, 양측을 합쳐 천 개를 넘는 무구들이 발사되었다.

금속들이 서로 충돌하는 소리가 열풍이 몰아치는 전장에 울려 퍼졌다.

서 있는 것은 두 영령뿐.

하지만 일기당천의 기량을 지닌 영웅들의 격돌은 그야말로 '전쟁'이라 부를 수 있을 정도로 가열한 것이었다.

모든 보구의 원형이라 불리는 최고最古의 영웅이 수집한 수많은 보구들.

어지간한 영령은 죽고도 남을 일격이 아무렇게나, 그리고 가열한 기세로 끊임없이 사출되었다.

그와 맞서는 엘키두는 대지 그 자체와 동화하여 신이 만든 자신의 몸을 변화시켜서, 무수한 신구를 만들어 냈다.

일격필살의 응수가 끝도 없이 반복되었다.

그런 모순으로 가득한 광경이야말로 그 둘의 관계를 나타내는 데 적합했다.

또다시 대화는 끊겼지만 그들에게 불만 따위는 없었다.

함께 이 자리에 있다는 그 사실만으로 족한 것이다.

말에 의한 의사소통이 되었건 싸움을 통한 피의 쟁탈전이 되었건 두 사람에게는 동등한 가치를 지닌 '환담歡談'이었다.

그렇기에 길가메시는 용서하지 않으리라.

수천 년의 시간이 지나 이뤄진 재회의 기쁨에 운치 없게 찬물을 끼얹는 행위를.

오싹. 엘키두의 등에 한기가 퍼졌다.

그는 무수한 모래 무구를 다루며 사막 북쪽으로 시선을 돌렸다.

"오고 있어."

"호오?"

거짓말이 아니라 판단한 길가메시도 북쪽으로 의식을 돌렸지만 아직 아무것도 감지할 수 없었다.

아마도 엘키두가 지닌 최고 클래스의 '기척감지능력' 덕에 포착할 수 있을 정도로 미세한 기척인 것이리라.

본래는 길가메시도 엘키두도 그렇게 약한 기척 따위는 신경 쓰지 않았다.

실제로 이 일대에 퍼져 있는 사역마들의 기척은 안중에도 두지 않았다.

하지만, 달랐다.

사역마며 새와 벌레보다도 훨씬 희미하고 미약한 기척이다.

엘키두의 본능은 기척 안에서 이상한 압박감을 느끼고 있었다.

"…뭔가, 불길한 것이 오고 있어. 아마도, 내 천적에 속하는 게."

그 말에 길가메시는 슬쩍 눈살을 찌푸렸다.

엘키두에게 약점 같은 것은 없다. 길가메시는 그 사실을 잘 알고 있다.

단 하나의 예외가 있다면―그 자신을 죽음으로 몰아넣은 '멸망' 그 자체, 신들이 내린 죽음의 저주뿐이다.

"…그런가. 나도 모르게 유열愉悅에 젖어 들떠 있었던 것 같군. 내 보물을 노리는 도둑놈들이 있다는 사실을 까마득히 잊고 있었다."

"도둑놈이라는 말에는 나도 포함되는 거야?"

"네게는 성배가 필요 없을 텐데? 어정쩡한 원망기 정도는, **너 자신이 될 수 있을 테니.**"

태연하게 기묘한 소리를 하는 길가메시에게 엘키두가 말했다.

"내가 할 수 있는 건 흉내 내는 것까지야. 뭐, 나도 소원은 이룬 것이나 다름없고, 마스터도 성배를 원하고 있지는 않아."

담백하게 전쟁을 포기하겠다는 듯한 말을 입에 담은 뒤, 엘키두는 북쪽에서 조금씩 다가오는 기척에 의식을 집중시키며 강한 눈빛으로 말을 이었다.

"하지만 내겐 마스터를 지킬 의무가 있거든. 이런 데서 간섭을 받아 사라질 수는 없어. 지금은 일단 도망치도록 할 테니, 나머진 나중에 하자."

길가메시가 미소를 띤 채 '도망친다'는 소리를 하는 엘키두를 보며 눈을 가늘게 떴다.

"네가 그런 소리까지 하게 만든 마스터란 녀석은 대체 어떤 잡종이지? 그럴 가치가 있는지 어떤지 내가 판단해 주지."

시시한 존재일 경우에는 그 자리에서 마스터를 처리하겠다.

그렇게도 받아들일 수 있는 말에 엘키두는 웃으며 고개를 가로저었다.

"무리야. 네가 가늠할 수 있는 건 신과 인간, 그리고 술맛 정도잖아?"

"……?"

길가메시는 물음표를 떠올렸지만 엘키두의 마스터에 딱히 관심이 있었던 것은 아니었는지 왕답지 않게 탄식을 하며 말했다.

"그렇다면 연회는 역적들을 벌한 뒤에 계속하도록 하지."

그렇게 말하고서 고개를 든 길가메시의 눈에는 운치도 없이 난입하려 하고 있는 자에 대한 조용한 분노가 담겨 있었다.

엘키두는 **여전히 산더미처럼 쏟아지고 있는 보구들을 촉수로 쳐내며** 짜증을 내는 왕을 달래듯 입을 열었다.

"못써, 길. 왕은 그렇게 언짢은 표정을 지어선 안 돼. 폭군이 주는 공포보다 질이 나쁜 건, 사람들을 불안하게 하는 거니까."

"당장이라도 도망칠 기세인 네가 왕의 길을 논하는 거냐. 천변만화千變萬化의 몸을 지녔음에도 역시나 너는 변함이 없구나."

길은 씨익 웃더니 다시금 에아를 치켜들었다.

주변에 흩어진 '보구'들이 그에 호응하는 모양새로 으르렁거렸다.

보구의 힘으로 더욱 강화된 에아가 다시금 세상을 뒤틀기 시작했다.

"오늘 밤 최후의 일격이다. 재회의 약정 대신 받고 가라."

"물론 그럴 생각이야."

엘키두 역시 대지와 일체화함으로써 모은 마나를 몸에 두르며 말했다.

"나는 그대로 도망치도록 할게. 연막 대신 쓰면 에아가 언짢아하겠지만 말이야."

"웃기는 소리 마라. 내 힘에 넋이 나가 다른 것을 못 보게 되는 건 삼라만상의 섭리 아니냐?"

그리고 두 사람이 미소를 주고받은 순간—.

조금 전보다 위력이 올라간 두 개의 '창세의 서사시—에누마 엘리시'가 엇갈려, 세상에 그 증거를 새겨 넣었다.

사막이라는 토지 그 자체와 그것을 관측하던 대다수의 마술사의 마음에, 오랜 시간이 흘러도 낫기 힘들 듯한 상처를.

×   ×

몇 분 뒤.

다시금 일어난 회오리바람의 방해를 받아 상당히 늦어지고 말았지만, 페일 라이더의 분신 중 하나가 사막 중심에 도달했다.

하지만 그곳에는 이미 아무도 없었고, 공간의 뒤틀림도 사라진 상태였다.

페일 라이더는 얼마간 바람을 타고 그 자리를 선회한 뒤, 그 몸을 세상에 확산시켰다.

사라진 영령을 쫓지는 않는다.

왜냐하면 그는 단지 츠바키가 무서워한 '천둥소리'를 없애러 온 것뿐으로—그 소리가 사라졌다면 그 이상 무언가를 할 필요는 없기 때문이다.

그리고 영령들의 기척이 완전히 사라지자 사막에 정적이 찾아왔다.

이동 중인 페일 라이더에 얼떨결에 접촉하는 바람에 혼수상태에 빠져 땅에 떨어진 사역마들의 몸을 남긴 채―달빛만이 여전히 대지를 비추고 있었다.

이렇게 '거짓된 성배전쟁'에서의 최초의 전투는 종료되었다.

방대한 힘을 느낀 어새신은 말없이 적의와 경계심을 고취시켰고, 그녀의 근처에 있는 흡혈종은 영웅왕들의 힘 앞에서 눈이 휘둥그레져서 "멋지군! 상상했던 것 이상이야! 나의 서번트를 실컷 유린할 수 있는 힘이 아닌가!"라며 감탄 섞인 말을 중얼거렸다.

도시에 있는 마술사들의 반응은 제각각이었다. 위험을 감지하고 도망치는 자부터 영웅이라는 기적 앞에서 야망을 품고는 지금이라도 마스터의 권리를 빼앗을 방법이 없을까 획책하는 자들까지 가지각색이었다.

사막을 진원지로 한 마력의 격진激震은 멀리 떨어진 이국의 땅―마술사 협회의 총본산인 시계탑에서도 관측되었다.

결과적으로 그 누구도 죽지는 않았으나 상상을 뛰어넘는 마력의 흐름에 상황을 살필 예정이었던 마술사 협회도, 사태를 관망하기로 방향을 잡았던 성당교회도 나란히 인식을 새로

했다.

　이것은, 결코 무시해도 될 장난질이 아니다.

　말로 형용할 수 없는 마술사들의 전쟁이 스노필드라는 땅에서 시작되었다.

　그 사실 앞에서 진위여부 같은 건 아무런 의미가 없다, 라고.

프롤로그 Ⅶ
『내방자 & ●●●』

그 여자는—반나절 전에 성배전쟁이 개시되었다는 사실도 모른 채 스노필드 안으로 들어온 여행자였다.

그녀는 휴대전화 화면으로 무언가를 확인하며 도시 변두리에 있는 드러그스토어에 들어가, 근처에 단층짜리라도 좋으니 싼 모텔이 없느냐고 점원에게 물었다.

드러그스토어를 지키고 있던 모히칸 스타일의 남자는 겉모습과는 달리 호의적인 태도로 모텔이 있는 곳을 가르쳐 주었다. 근처에 같은 가격의 호텔도 있다며 권했지만 여자는 정중히 사양했다.

모히칸 남자는 의아한 눈으로 그녀를 쳐다보았지만 이윽고 두 손과 목 언저리를 보고는 중얼거렸다.

"헤이, 문신 죽이는데."

여자는 적당히 겉웃음을 지어 주고는 가게에서 나와 자신의 두 손을 바라보았다.

오른손과 왼손. 여자의 양손에는 같은 문양이 떠올라 있었다.

그녀는 알고 있었다.

자신의 두 어깨와 등에도 같은 문양이 각각 하나씩 새겨져 있다는 사실을.

스무 살에 들어설까 말까 한 나이 대의 아가씨였지만 일본인 중에서도 동안인 그녀는 실제 연령보다도 두세 살은 더 어려 보였으리라.

차분한 디자인의 안경 탓에 더욱 얌전해 보이는 용모였지만, 그녀는 그것을 부정하듯 자신의 윤기 넘치는 검은머리를 금발로 요란하게 물들인 상태였다.

펑크 로커나 뭐 그런 것이라면 두 팔의 소매 사이로 보이는 문양도 펑크 패션의 일부로 볼 수 있었겠지만―.

그녀는 그 문양을 보고서 넌더리가 난다는 듯 눈을 가늘게 떴다.

그때 가게에서 모히칸 스타일의 점원이 나와 그녀의 등에 대고 말을 붙였다.

"어이, 아가씨."

"에?"

돌아보자 남자가 휴대전화를 던져 건네주었다.

"두고 갔어."

"…아, 고맙습니다."

낚아챈 시점에서 그녀는 그것이 자신의 휴대전화라는 것을 알아챘다.

대화를 할 때 계산대 위에 놓고는 그대로 깜박한 모양이었다.

소녀는 휴대전화를 손에 쥔 채 깊숙이 고개를 숙였다.

"정말 고맙습니다."

그 몸짓을 본 모히칸 남자가 말했다.

"당신, 머리를 물들이기는 했지만 동양인이지? 중국… 아니,

캄보디아 근방인가?"

"…일본에서."

그녀가 그렇게 말하자 모히칸 스타일의 점원은 호들갑스럽게 두 손을 펼치며 친근하게 답했다.

"일본이라! 그것 참 좋은 곳에서 왔군! 내 사촌이 전에 일본 여행을 갔었는데 자판기 수를 보고 기가 확 죽었다더라고."

모히칸 남자가 사근사근하게 대하자 여자도 조금은 친근한 투로 대답했다.

"그것 참 고맙네요."

"우리 아버지도 옛날에 일본에 간 적이 있는데, 킷치 랜드인지 뭔지 하는 유원지에서 사 온 선물이 지금도 집에 있어. 그리고 닌자를 봤다는 소리도 했지. 역시 일본에는 잔뜩 있는 거야?"

분위기를 돋우려는 농담인지, 아니면 진짜로 그렇게 생각하고 있는 건지, 모히칸 점원은 상쾌한 미소를 지은 채 말을 이으려 했지만―.

상공을 지나가는 헬기의 로터 소리가 두 사람의 대화는 물론이고 주변의 소리를 몽땅 지워 버렸다.

이상할 정도로 저공비행 중인 헬기는 도시에서 멀어지는 모양새로 사막지대로 향했다.

겨우 소리가 가라앉은 참에 모히칸 남자가 혀를 차며 말했다.

"…아아, 아침부터 어찌나 헬기가 날아다니는지. 영업방해도 정도껏 해야지, 나 원! 귀마개라도 좀 팔리려나 싶었는데 곰곰이 생각해 보니 애초에 손님 자체가 없잖아."

미국의 드러그스토어는 편의점이나 잡화 체인점을 겸하는 경우가 많았다. 겉모습이 요란한 점원 남자도 예방접종 훈련 등을 수료한, 어엿한 약제사다. 다만 가게의 진열품 상태로 보아 굳이 말하자면 잡화 매상 쪽에 비중을 두고 있는 가게라 할 수 있으리라.

그런 남자의 푸념을 들은 여자는 눈살을 찌푸리며 물었다.

"아침부터?"

"뭐야, 뉴스 안 봤어? 어제 저녁에 사막에서 가스관인지 석유 파이프라인인지가 폭발했다지 뭐야. 위험하니 사막은 출입을 금지한다더라고."

"…자주 있나요, 그런 일이?"

"아니, 태어나서 여태 살고 있지만 처음 있는 일이야. 애초에 사막 지하에 그렇게 겁나는 물건이 깔려 있는 줄도 몰랐다고."

여자는 남자의 말을 들으며 렌즈 너머로 눈을 가늘게 뜨고 떠나가는 헬기의 그림자를 관찰했다.

무언가에게 따지고 들 듯.

혹은 두려운 듯한 눈치로.

그런 그녀의 모습 역시 누군가가 관찰하고 있다는 사실도 모른 채.

✕   ✕

스노필드 북서부.

마천루처럼 늘어선 빌딩들에서 몇 킬로미터 떨어진 도시 외곽.

'그것'은 협곡과 숲의 경계에 자리해 있었다.

얼핏 보면 도시를 지키기 위한 요새인 듯도 보였지만 그런 것치고는 다소 높이가 모자란 데다, 평면으로 넓게 펼쳐진 건물 주변에는 감시탑까지 몇 개 세워져 있었다.

엄중한 감시가 이루어지고 있는 그 시설의 바깥과 부지 안쪽은 철조망이 달린 울타리를 경계로 또렷하게 격리되어 있었다.

콜즈맨 특수 교정 센터.

미국에서는 그리 보기 드물지도 않은, **사립형무소** 중 하나다.

사립형무소란 주州정부, 혹은 연방정부에서 위탁을 받는 모양새로 운영되는 민간 경영 형무소로, 수감자들의 노동에 의한 생산물 등을 통해 이익을 창출하는 사업이다.

현재 수감자가 가볍게 이백만 명을 넘는 나라의 사정상, 국

영형무소만으로는 수용자를 완전히 소화할 수가 없었다. 그래서 민간 기업에 의한 형무소라는 것이 각지에 존재했고, 스노필드에 그것이 존재하는 것도 일반 시민이 보기에는 딱히 이상한 일이 아니었다.

오히려 시민들 중에는 그것이 형무소라는 사실을 모르는 자들도 많았다.

하물며 그 '이면의 얼굴'을 아는 자는 이미 일반 시민이라 할 수 없으리라.

그 이면에 해당하는 공간―.

형무소 지하에 위치한 그 '사무실'은 넓이가 농구장 정도는 되었다.

어슴푸레한 방의 벽에는 모니터가 죽 늘어서 있으며, 몇 명의 남녀가 차례로 전환되는 영상을 말없이 체크하고 있었다.

형무소라면 응당 있어야 할 감시시설로 보이는 공간이었지만 형무소 내부가 비춰져 있는 것은 극히 일부의 모니터뿐이었다.

다른 태반의 모니터에는 스노필드라는 도시 곳곳에 설치된 감시카메라―공공연히 알려진 것부터 도촬 카메라에 이르기까지, 온갖 감시영상이 실시간으로 표시되고 있었다.

개중에는 척 봐도 호텔 객실이라는 것을 알 수 있는 영상도 있어, 도촬하고 있다는 사실을 숨기려는 의지는 눈곱만큼도 보이지 않았다.

그것만 보고 말하자면 평범한 정보기관의 감시실이라고 결론을 내리고 말 수도 있겠지만―영상 중에 카메라 영상치고는 명백하게 이상한 것이 포함되어 있었다.

마치 벌레나 쥐의 시야를 빼앗기라도 한 듯 자유자재로 돌아다니는 수많은 영상들.

하늘을 이동하고 있는 듯 보이는 시점이 반사유리가 달린 건물 앞에 접어든 순간, 거기에는 시점의 주인―활공하는 새의 모습이 똑똑히 비쳤다.

새 모양 로봇이라면 다소 시대를 앞질러 간 과학으로서 세간에 받아들여졌을 테지만, 그것은 기계장치 같은 것이 아니라 어엿한 '사역마'였다.

사역마가 보내오는 시각정보와 통상 감시카메라에 의한 영상.

마술과 과학이 동시에 혼재하는 이 공간이야말로 콜즈맨 특수 교정 센터의 존재의의 중 하나였다.

감시실, 그리고 사역마들의 주인―팔데우스는 다른 작업원들과 함께 모니터를 감시하다 그중 한 화면에서 시선을 멈췄다.

다른 모니터는 차례로 영상이 전환되고 있었지만 팔데우스는 어느 화면에 눈길을 멈추더니 화면 전환을 정지시키고서 그 안에 비친 것을 관찰하고 있었다.

"…흠."

마술사 청년은 무표정한 채로 생각에 잠겼다.

―새로운 마술사가 도시 결계 안으로 들어왔구나 싶었더니만….

―이 여자, 정체가 뭐지?

접속된 기기로 영상을 조작하여 화면을 확대했다.

도시 남쪽 변두리, 드러그스토어 앞에 있는 감시카메라. 사역마가 아닌, 최신 과학기술을 통해 촬영된 그 영상은 화면을 십여 배 확대해도 여전히 선명했다.

팔데우스가 주목한 것은 거기에 비친 여성의 손등이었다.

헬리콥터를 바라보던 여자의 손에는, 마술적인 문양이 떠올라 있었다.

―…영주?

팔데우스는 그렇게 생각했지만 바로 결론을 내리지는 않았다.

그녀가 결계를 지났을 때 느꼈던 마력은 오랜 시간 시계탑에 소속되어 있었던 팔데우스로서도 완전히 해명할 수 없는 기묘한 파장을 띠고 있었다.

―마술사치고는 마력을 은폐하고 있는 낌새도 없고.

팔데우스는 이 형무소 지하에 있는 광대한 '공방'의 한구석에서 24시간 체제로 부하들에게 도시를 감시하도록 지시했다.

도시 주변에 침입자를 감지하기 위한 대형 결계를 펼쳐 놓고 무수한 모니터와 연동되도록 조절해 두었다. 그 모든 것이 도시로 들어온 마술사들의 동향을 쫓기 위한 것이었지만 실력 좋은 마술사들은 자기은폐 기술도 뛰어나, 결계 안으로 들어와도 감지를 할 수가 없다.

요컨대 마력 방출을 억누르지도 않고 있는 이 여자는 마술사로서 삼류이거나 일부러 이쪽을 도발하고 있거나, 둘 중 하나이리라.

하지만 이쪽의 결계를 알아챈 낌새도 없으니 도발일 가능성은 거의 없다고 볼 수 있다.

팔데우스는 그렇게 생각하려다 결정을 내리기에는 이르다는 생각이 들어 결론을 내리는 것을 보류하기로 했다.

―플랫 에스카르도스의 예도 있으니.

그의 머릿속에 떠오른 것은 당당히 장거리 버스를 타고 도시에 들어와, 그대로 공원 한복판에서 서번트를 소환한 소년의 존재였다.

란갈의 제자라고는 하나 정체를 간파당하지 않기 위해 시계탑 중심부에 깊숙이 들어가는 것을 피해 왔던 팔데우스도 '천혜의 악동'이라 불렸던 플랫의 소문은 들었다.

제4차 성배전쟁에 참가하여 멀쩡하게 생환한 마술사, 로드 엘멜로이 2세.

시계탑의 헛꽃이라 불리는, 현대 마술 강의의 교편을 쥔 뒤로 불과 몇 년 동안 몇 명이나 되는 우수한 마술사를 배출해 낸

'천재적 지도자'인 그가 가장 오랫동안 돌보고 있는 소년—그가 바로 플랫 에스카르도스였다.

경험자인 엘멜로이 2세가 참가할 가능성이 높다고 생각했건만, 설마 제자가 단독으로 온 것도 모자라 번번이 마술사로서 상식을 벗어난 행동을 해대고 있는 것은 예상 밖의 일이었다.

그렇지 않아도 쿠루오카 부부의 이상행동이며 특수한 랜서의 영령을 비롯해, 팔데우스의 예상에서 벗어난 사태가 속출하고 있건만.

그는 결단코 냉정함은 잃지 않았지만 감정은 감출 생각이 없는지 '일이 성가셔졌다'는 표정으로 '영주 같은 무언가'가 깃든, 드러그스토어 앞에 있는 여자를 감시하고 있었다.

"경찰서장에게 통보할까요?"

모니터를 살피던 부하 여성의 말에 팔데우스는 고개를 가로저었다.

"일단은 보류하죠. 플랫 군과 은랑銀狼에 관한 정보와 함께 시기를 봐서 함께 공유하겠습니다."

"알겠습니다."

"동맹을 맺었다고는 하나 간단히 흘려도 될 정보가 아니니까요."

팔데우스가 독자적으로 운영 중인 감시망은 경찰이 장악하고 있는 도시 전체의 감시 시스템과는 성질이 달랐다.

게다가 팔데우스의 독자적인 지식 덕에 보유 정보량은 경찰서장보다도 다소 많았다.

　원초의 영웅 【길가메시】와 토지 수호 일족의 후예, 티네 체르크.

　타인으로 변신할 수 있는 것으로 보이는 의문의 영령과 시계탑의 문제아, 플랫 에스카르도스.

　집 안에 있는 것은 확인되었지만 알 수 없는 행동을 계속하고 있는 쿠루오카 부부.

　마술모체로서 태어난 은랑과 특징으로 보아 【엘키두】라 추측되는 영웅.

　그 외에도 유력한 마스터 후보였던 제스터 카르투레의 공방이 습격을 받은 모양인지, 안에서 불타 죽은 시체와 백골화된 시체가 무수히 발견되었다. 현재는 서번트의 폭주, 혹은 마스터가 제자를 모종의 이유로 처리한 것으로 보고 행방을 쫓고 있다.

　"역시 쿠루오카 부부가 불러낸 영령이 신경 쓰이는군요."

　전쟁이 시작되면 서로 적이다. 그러기로 약속을 했지만 아무리 그래도 움직임이 없는 것이 영 꺼림칙하여 정찰을 겸해 마술통신으로 쿠루오카 부부와 연락을 취해 보았다.

　생기 없는 목소리로 [미안하군. 중요한 일이 생겨서 성배전쟁에 참가할 여유가 없어.]라고 한 쿠루오카 부부의 말을 통해 팔데우스는 이상사태일 가능성을 감지해 냈다.

―쿠루오카 부부에게 성배전쟁보다 중요한 일 같은 게 있을 리가 없어.

―하지만 함정치고는 이상한데.

―외부의 마술사가 강력한 암시를 걸었을 가능성도 있군.

쿠루오카는 마술사로서 결코 미숙하지 않았다.

그런 그들을 암시나 모종의 방법으로 조종할 수 있는 것으로 보아 상당히 높은 지위에 있는 마술사이리라.

마술협회에서 비장의 카드를 보내왔을 가능성도 염두에 둬 야만 한다.

―그렇다면 플랫 에스카르도스의 기묘한 행동은 양동일 가 능성도 있어.

―뭐, 양동이라 해도 지나치게 이상한 행동이기는 하지 만…. 그쪽은 정보부에 맡기도록 할까.

어찌 되었건 직접 접촉할 수는 없다는 생각에 팔데우스는 일 단 사고를 전환하기로 했다.

걱정의 불씨는 그 밖에도 있었다.

자신과 부하가 풀었던 사역마와의 교신이 어제, 사막에서 끊 겼다.

그 밖에도 수많은 마술사들이 사역마를 풀었지만 그중 태반 이 두 서번트의 충돌에 휘말려 사라졌다. 그것은 이해할 수 있 었지만, 기묘한 일이 있었다.

팔데우스의 사역마를 비롯한 여러 사역마들이 사막에서 혼수상태로 발견된 것이다.

혼수상태에 빠진 사역마들의 피부에는 기묘한 멍 자국이 남아 있어, 모종의 저주나 질병이 아닐까 하는 판단에 현재는 연구시설에서 해석 중이다.

"나 원, 이렇게나 불특정 요소가 많으면 기계적으로 처리하기 힘들어져서 난감한데 말이죠."

한숨 섞인 푸념을 내뱉은 뒤, 팔데우스는 곧장 얼굴에서 감정을 지우며 입을 열었다.

"알드라 씨, B-357에 비친 여성을 레벨2 감시대상으로 등록해 주세요."

"알겠습니다."

부하 여성에게 지시를 내린 뒤, 팔데우스는 천천히 자리를 떴다.

그리고 방 밖으로 향하는 도중, 형무소 내부가 비친 모니터로 눈길을 돌렸다.

독방으로 보이는 각 영상 안에는 한 방에 한 명씩, 몇몇 남녀가 비춰져 있었다.

"당신들도 슬슬 일을 해 주셔야겠습니다."

여간 보통내기가 아닐 것 같은 인물들을 바라본 뒤, 팔데우스는 혼잣말을 중얼거리며 자신의 공방을 뒤로했다.

"나 참…. 구역질이 날 정도로 즐거운 **7일간**이 될 것 같군요."

그가 방을 나섬과 동시에 헬리콥터가 보내온 영상이 모니터에 표시되었다.

거기에 비친 것은 두 영령이 격돌했다는 증거—.

막대한 열과 압력으로 표면이 유리로 변해 버린, 반경이 수킬로미터에 이르는 거대한 크레이터였다.

×　　　×

미국. 라스베이거스.

어느 카지노 위에 세워진, 기묘한 입지의 교회.

성당교회는 라스베이거스 시내에도 무수히 존재했지만 그중에서도 이 교회는 유달리 눈에 띄지 않는 형태를 하고 있어, 창문의 스테인드글라스와 교회의 상징물 등도 밑에 있는 카지노의 장식품이라 여겨지고 있었다.

우연히 존재를 알게 된 카지노 손님이 영험에 기대거나 낭비한 것을 참회하기 위해, 또는 때때로 큰돈을 딴 손님이 수익금의 일부를 기부하러 오는 정도가 다인 곳이었다.

"사정은 알 거라는 전제로 말하는 건데 말이지, 응."

현관 부분 위에는 구색을 맞추려는 듯 성가석이 있기는 했지만 전체적으로 좁아서, 좋게 표현하자면 라스베이거스에서도 가장 **검소하다**고 할 수 있는 교회 안.

잔걱정이 많아 보이는 노령의 신부가 제단에서 슬쩍 고개를 돌리며 혼잣말을 하듯 말하기 시작했다.

"그게, 뭐라고 해야 하나. 스노필드의 교회에 있는 건 아직 경험이 부족한 신부들뿐이야. 성배전쟁이 뭔지도 모르는 자들 가지고는 대응할 방법이 없지."

성당교회.

종교라는 틀을 걷어치운다 해도 세계 최대 규모를 자랑하는 조직으로, 서양을 중심으로 각지에 그 뿌리를 퍼뜨리고 있는 세계 규모의 '시스템'이다.

이 세상의 모든 기적, 마술을 관리한다는 명목하에 기적의 은폐를 꾀하는 마술사 협회와는 적대하고 있을 터인 조직이기도 했다.

하지만 성배전쟁에 한해 말하자면 그 관계는 다소 다른 모양새를 띤다고 할 수 있었다.

성배가 진짜라면 그것은 교회가 관리해야 할 인류의 재산이었고, 나아가 민중이 혼란에 빠지지 않도록 기적의 의식을 관리할 필요가 있었다.

제2차 성배전쟁까지는 관망하고 있었지만 당시에 수단을 가리지 않는 무질서한 학살이 이뤄진 탓에 제3차부터 정식으로 교회가 의식을 감독하는 모양새가 되었다.

마술사들과 인간의 상식을 뛰어넘는 영령들이 얌전히, 다소 곳하게 투쟁을 할 리가 없다.

어젯밤에 관측된 마술의 격류가 영령들에 의한 것이라면 이는 이미 교회가 관리해야 할 안건이라 할 수 있었다.

제4차 성배전쟁의 '후유키 대화재'며 '호텔 붕괴', '해마海魔 소환'에 '전투기 소실'을 재현, 혹은 그 이상의 재앙을 일으킬 가능성도 다분히 있으니.

실제로 사막에서 관측된 마력이 시가지에서 해방되었다면 스노필드라는 지명은 지도에서 사라졌을 것이다.

사막에 생겨난 크레이터에 관해서는 위성사진에서 보도에 이르기까지 마술과 권력을 통한 은폐가 현재진행형으로 이루어지고 있었다.

과거 후유키에서 일어났던 성배전쟁에서도 조금 전에 예를 들었던 바와 같은 대형 '사고'가 다수 발생했고, 그때마다 '성유물을 감독한다'는 목적으로 성당교회의 손에 의한 은폐가 이루어져 왔다.

하지만 사막에서 일어난 이번 사건의 은폐에 성당교회는 관여하지 않았다.

그것이야말로 성당교회의 '제8비적회第八秘蹟會'에서 강하게 문제시하고 있는 점이었다.

이번 은폐 작업은 성당교회도 마술협회도 아닌, 나라의 사법 기관과 정보기관에서 어느 정도의 권력을 갖고 있는 제삼자의 손에 의해 이루어진 것으로 판명되었다.

전모까지 파악되지는 않았지만 최소한 미국 국가기관의 일부가 관여하고 있다는 뜻이다.

따지고 보면 고생스러운 작업을 대신 해 준 것을 감사해야 할지도 모르지만—이번 건에 관해 말하자면 '이번 성배전쟁에 너희의 힘 같은 건 필요 없다'고 한 것이나 다름없었고, 그것은 다시 말해 '신경 꺼라'라는 거절 의사의 표명이기도 했다.

그런 일을 두고 볼 수는 없다며 분개하는 자.

혹은 순수하게 스노필드라는 땅에 사는 사람들의 몸을 걱정하는 자.

그 밖의 다른 꿍꿍이를 품고 있는 자들을 비롯해, 온갖 방면에서 '스노필드의 성배전쟁에 강제적으로 개입해야 한다'는 소리가 높아지기 시작했다.

그리고 가장 현장에 가까운 곳에 있었던 어느 신부—감독관 자격이 있는 자에게 현장인 스노필드로 급행하라는 지시가 떨어진 것이다.

"아아, 응. 뭐라고 해야 하나. 이건 말이지, '제8비적회' 본부에서 떨어진 지령이야. 자네는 이 도시를 떠나기 싫겠지만 즉시 현장으로 갈 수 있는 사람이 달리 없거든, 응."

신부는 나직한 목소리로, 심약한 성격이 절절이 전해지는 투

271

로 말했다.

"자네가 가지 않으면 제2후보인 내가 가야만 하는데… 왜, 거친 일은 자네가 나보다 살짝 잘 하잖아? 응. 이번 건은 말이지, 체력이 있는 사람이 맡는 게 좋을 것 같거든, 응. 좀 더 성당교회의 발언권이 강한 주였다면 정부에 억지를 쓸 수도 있었겠지만. 왜, 이 주는 그렇게 강한 것도 아니잖아."

실제로 성당교회는 국가를 움직일 정도의 힘을 갖고 있었다.

하지만 그것은 교회의 영향력이 강한 나라에 국한된 이야기다.

미국에서 성당교회는 주에 따라 그 영향력이 달랐고 대통령 선거 같은 전국 규모의 일이라면 각 주들의 의견을 모아 압박을 가할 수도 있었을지 모르지만, 영향력이 약한 주의 일부에서 일어난 일에 자유자재로 개입하기란 힘들었다.

일본의 후유키 시만 해도 수많은 사건을 무마할 수 있었던 것은 수십 년 이상에 걸친 성배전쟁에 대한 사전준비가 있었던 덕분이며, 그럼에도 불구하고 전투기 소실 등을 얼버무릴 때는 각 방면에 큰 빚을 져야만 했다.

"그게, 뭐라고 해야 하나. 우리처럼 영향력이 약한 땅을 노려서 사전준비를 진행한 건지도 모르지. 특히 스노필드 주변은 토지 수호 일족이 까다롭게 굴어서 포교가 늦어진 지역이잖아."

노령의 신부는 손에 든 성서를 바라본 채 몸만 교회의 한 부분으로 돌렸다.

"저기… 그게, 듣고 있나, 한자 군?"

그 물음에 교회 책상 줄 제일 끝에 앉아 있던 다른 신부가 손에 들고 있던 휴대전화에 시선을 고정시킨 채 답변했다.

"안심하시길. 제대로 흘려듣고 있으니, 사부님."

"흘려들으면 못쓰지, 응."

"이거 실례. 정치적인 사정은 저와 상관이 없는 일인지라. 사부님은 그저 제게 신의 뜻을 전해 주시기만 하면 됩니다. '적을 소멸시키라'는, 단 한마디를."

그 신부는 휴대전화 버튼을 이상하리만치 빠른 속도로 눌러, 문장을 작성하며 대답했다.

"아니, 아니. 이번에는 대행자 임무가 아니라 감독관 임무라니까. 뭐, 상황에 따라서는 **그쪽 방향**으로 전환해야 할지도 모르지만 말이지."

노령의 신부는 그런 동업자를 보며 한숨을 내쉬었다.

"그나저나… 응, 한자 군. 남의 얘기를 들을 때는 휴대전화 좀 내려놓지, 응?"

"사부님이야말로 다른 사람과 이야기할 때는 눈을 봐 주시죠."

한자라 불린 신부는 그제야 휴대전화에서 눈을 떼더니 성서를 뚫어져라 쳐다보고 있는 노인을 바라보았다.

노인은 땅이 꺼져라 한숨을 내쉬더니 한자가 있는 방향을 흘끔 쳐다보며 말했다.

"그리고, 겉으로라도 신부다운 행동과 언동을 할 것. 알겠지?"

"물론 명심하고 있습니다, 사부님. 저쪽 도시에서 카지노에 출입할 때는 사복을 입도록 하죠."

"응, 우선 카지노에 들락거리지 말아 줬으면 하는데 말이지?"

한자는 노신부의 말을 흘려들으며 가볍게 손을 들더니 천천히 일어섰다.

나이는 30대 중반 정도로 오른쪽 눈에 두른, 요란하게 장식된 안대가 특징적인 신부였다.

예리하고도 날카로운 생김새를 한 스페인 계열의 남자로, 정열적인 영화배우 같은 분위기를 자아내고 있었다.

그는 휴대전화를 집어넣음과 동시에 씩씩하게 말했다.

"자아. 가 볼까, 콰르텟. 간만에 일 좀 해 보자고."

그러자 기둥 뒤에서 모습을 드러낸 네 명의 젊은 수도녀가 말없이 한자의 뒤를 따랐다.

노인은 그런 한자와 수도녀들의 뒷모습을 배웅하다가―.

오른손으로 소리도 없이 무언가를 고속으로 사출했다.

어떠한 기술에 의한 것인지 모를, 노신부의 손에서 **탄환 정도의 속도로 날아간** 그것은 한 장의 작은 금속판이었다.

수십 년 전까지 아래에 있는 카지노에서 고액 칩으로 쓰였던

청동 코인이었다.

코인은 한자의 뒤통수에 꽂힐 듯한 기세로 날아들었지만—.

다음 순간, 한자는 등을 돌린 채로 팔의 관절을 말도 안 되는 각도로 비틀어서 그 코인을 **소리도 없이 같은 속도로 튕겨냈다**.

파삭. 그것을 노령의 신부가 어렵지 않게 받아 낸 순간, 코인이 손안에서 박살 났다.

자세히 보니 금속제 코인이 마치 피자처럼 16등분되어 있었다.

"아, 미안. 휴대전화에 푹 빠져 지내는 바람에 실력이 무뎌졌을까 싶어서. 응."

사부가 어깨를 으쓱하자 한자는 천천히 돌아보았다.

그리고 천진한 미소를 지으며 비아냥거림 섞인 말을 중얼거렸다.

"거친 일… 충분히 하실 수 있을 것 같습니다만, 사부님."

×   ×

런던 모처. 시계탑.

성당교회와 마찬가지로 시계탑 역시 분주하게 움직이기 시작했다.

런던과 스노필드 사이에는 당연히 시차가 존재했다.

성배전쟁은 시계탑 학생들이 마침 아침 강의를 받기 시작할 시간대에, 스노필드의 사막에서 개막되었다.

시계탑의 마술사들이 그 파장을 관측, 혹은 현지에 들어간 마술사들의 보고로 인해 그 소식은 점심 무렵에는 이미 시계탑 전체에 퍼져 있었다.

종종걸음으로 현대 마술과 강의실로 향하고 있는 남자들도 초조함에 사로잡힌 마술사들의 일부였다.

"아직도 믿기지가 않아요. 팔데우스 씨가 스파이였다니….

"하지만 사실이다. 이중스파이일 가능성도 사라졌고."

젊은 마술사 앞에서 걷고 있는 것은 거대한 허수아비를 연상케 하는 섬뜩한 인형이었다.

온몸을 붕대며 허름한 포대로 가린 것을 후드가 달린 코트로 다시 뒤덮고 있었다.

그 물체는 인간이 아니라 며칠 전에 자신의 분신인 인형이 벌집이 되었던 마술사—란갈이 조종하는, 급조된 나무 인형이었다. 본체는 아마도 여전히 자신의 공방 안에 틀어박혀 있으리라.

"그나저나 스승님, 그 인형 어떻게 좀 안 될까요. 사람들이 쳐다보는데요."

"나도 이렇게 날림으로 만든 인형으로 돌아다니기는 창피스럽다! 하지만 다른 인형에는 팔데우스가 뭔가 수작을 부려 뒀을 가능성이 있다. 찬밥 더운밥 가리게 생겼느냐.”

허둥지둥 만든 인형이었지만 그래도 감각기관은 정상적으로 기능하고 있는 모양인지, 그는 뒤에서 따라오는 제자의 모습을 살피며 물었다.

“긴장한 거냐?”

“네에, 좌우간 ‘군주─로드’를 만나는 건 처음이니까요.”

로드.

시계탑의 열두 학부에 각각 군림하는 열두 명의 학부장들에게 주어진 칭호.

젊은 마술사는 그런 거물을 만난다는 긴장감으로 얼굴이 새파랗게 질린 채 되물었다.

“어떤 분이신가요? 그… 로드 엘멜로이 2세라는 분은.”

“…10년 전에는 나도 그가 대단한 인간이라고는 생각지 않았다. 엘멜로이 가문의 사정상 ‘로드’ 중 한 자리와 현대 마술과라는 별난 학과를 떠맡은, 한낱 일족의 허수아비에 불과한 줄로만 알았지. 하지만 그것이 착각이었다는 사실을 금세 깨닫게 되었다.”

란갈은 종종걸음을 치며 차분하게 말을 자아냈다.

“나비 마술의 후계자, 베르너 시저문드. 롤란도 페르진스키. 오르그 람, 라디아 펜텔과 나지카 펜텔 자매. 페즈그람 볼 센베른. 이 이름들의 공통점이 뭐라고 생각하느냐?”

"다들 몇 년 새에 '색위色位―브랜드'나 '전위典位―프라이드'로 지위가 올라간 마술사들이잖아요? 젊은 층이 차례로 상위 지위를 받았다며 난리가 나서 저희도 더욱 분발하고자 다짐했던 기억이 나요."

협회 내의 마술사들에게 랭크를 먹이기 위한 칭호. 그중에서도 '왕관―그랜드' 다음으로 높다고 알려진 '브랜드'와 '프라이드'의 칭호를 얻은 자들은 평범한 마술사들에게 있어 구름 위에 있는 존재나 다름없었다.

란갈은 제자의 말을 부정하지 않고 덧붙여 말했다.

"공통점이 또 하나 있다."

"네?"

제자가 고개를 갸웃하자 란갈이 말했다.

"그들은 모두 엘멜로이 교실의 학생이다."

"――!"

"엘멜로이 2세 본인은 낮은 지위의 마술사에 불과하지. 하지만 그의 본질은 마술사가 아니다. 그는 마술사로서는 믿기지 않을 정도로 시야가 넓어, 상대의 역량을 누구보다도 깊이 간파하는 재능을 지녔지. 무엇이 그를 그렇게 만들고 있는지는 모르겠지만… 적어도 타인의 재능을 키우는 재치에 있어 시계탑에서 그보다 뛰어난 자는 없을 게다. 젤레치 옹처럼 제자를 망치는 일도 없고."

제자가 믿기지 않는다는 듯 입을 다물자 란갈은 계속해서 말을 덧붙였다.

"현역 학생들조차 그 정도다. 졸업생들까지 치면 그의 교실을 졸업한 자들은 10년도 채 되지 않아 '프라이드' 이상의 지위를 취득했지. 한 사람도 남김없이 말이다."

"한 사람도 남김없이…?"

"그중 몇 사람은 시계탑의 역사에서도 몇 안 되는 '그랜드'의 칭호를 손에 넣는 것이 아닐까 하는 소문이 돌고 있다. 그가 제자를 그다지 많이 받지 않는 것이 다행이라면 다행이지. 그래도 그가 제자들에게 한마디만 하면 시계탑의 역사가 움직일 게다."

"그럴 수가…."

엘멜로이가 수많은 이명을 지닌 인기 강사라는 것은 소문을 통해 알고 있었다.

하지만 구체적인 공적에 대해서는 처음 들었는지 제자의 마음속에서는 존경심보다도 두려움이 샘솟았다.

"그는, 시계탑에서는 어떠한 위치에 서 있나요?"

"같은 로드 계급에 있는 로코 벨페반이 완고한 보수파의 대표 격이라면 엘멜로이 2세는 유연한 혁신파다. 뭐, 오래되었건 새로 생긴 것이건 도움이 되는 것은 모두 존중하는 타입이지. 보수니 혁신이니 하는 말보다는 중용이라는 단어에 가장 가까울지도 모르겠군."

"……."

곧 만날 상대에 대해 이래저래 생각하기 시작한 제자에게 란 갈은 한 가지 조언을 해 주었다.

"…상대를 꿰뚫어 보려 들지 말아라. 반대로 간파당한다."

강의실 문을 열어 보니 로드 엘멜로이 2세는 오후 강의를 준비하고 있던 참이었다.

"미스터 란갈, 무슨 일이신가?"

온화한 태도의 그 남자는 로드이면서도 딱히 다가서기 힘든 분위기를 내뿜지는 않았다.

"이런 때에도 통상 강의라니 대담하시구려, 로드."

"임시 휴강을 할까도 싶었지만 이번 건에서 내가 할 수 있는 일은 한정되어 있으니. 그렇다면 격앙된 시계탑의 분위기를 통상운전으로 가라앉히는 것이 최선의 방법이라 판단했을 뿐이야."

"겸손도. 성배전쟁이라는 이름이 붙은 이상, 누구보다도 먼저 달려가고 싶은 건 당신 아니오."

"……?"

란갈의 말이 이해가 되지 않는지 제자가 고개를 갸웃했다.

엘멜로이 2세는 얼마간 침묵한 뒤, 작은 한숨을 내쉬었다.

"감정에 몸을 맡겨 결과를 낼 수 있을 정도의 실력이 있다면 그것이 최선일 테지만… 미숙한 나로서는 신중하게 사태를 지켜보는 수밖에."

로드가 자조 섞인 투로 말하자 란갈이 물음을 던졌다.

"그토록 신중하게 판단을 내릴 줄 아는 당신의 의견을 듣고 싶소. 흑막인 녀석들의 목적은 무엇이라 생각하시오."

"…현 단계에서는 태반이 추측으로 가득한 사견에 불과하다만?"

"모쪼록 들려주시오."

인형이 힘껏 고개를 끄덕이자 엘멜로이는 다시 몇 초 동안 침묵한 뒤, 조용히 입을 열었다.

"내 견해를 말하자면, 이번 건에는 세 개에서 네 개의 다른 의지를 지닌 세력이 얽혀 있다. 최소한 정보를 은폐하고 싶어 하는 세력과 정보를 퍼뜨려 공개하고 싶어 하는 세력이 언뜻 보이지만… 그러한 세력들이 다른 꿍꿍이속을 품고서 손을 잡고 있는 것은 자명한 사실이겠지."

"확실히 그들의 행동에는 이해가 되지 않는 점이 많지만…."

"내 생각에 복수의 조직 중 몇 개에 있어 성배의 현현은 목적이 아니라… 통과점 중 하나일 거다. 아니면 성배가 아니라 성배전쟁이라는 시스템 그 자체의 지속화와 양산을 시도하고 있는 것일지도 모르고. 우리를 도발하는 듯한 짓을 한 것은 어쩌면 도시에 많은 마술사들을 불러들여 그들에게 '성배전쟁'을 해석시키기 위함일지도 모르지."

엘멜로이 2세의 추측에 란갈이 고개를 가로저었다.

"말도 안 되오…. 타인에게 제3마법과 이어진 기적을 해석시키려 하다니… 심지어 자신들이 시스템의 권리를 쥐고 있는데, 왜 그런 짓을 한다는 말이오?"

"확실히 개인에 의한 근원에의 도달을 목적으로 하는 마술사들에게는 있을 수 없는 일이지. 하지만 마술사와는 다른 사고방식을 지닌 세력이 섞여 있는 것도 사실이야. 개중에는…."

엘멜로이 2세는 하려던 말을 일단 멈추고 심호흡을 하고 나서 구술을 재개했다.

"추측에 불과한, 감이나 다름없는 예감에 불과하지만… 굳이 말하자면."

"굳이 말하자면?"

"이건 간단히는 이해할 수 없고 허용할 수도 없는 일이지만…."

미간에 살짝 주름을 잡으면서도 냉정하게 말을 이었다.

"성배전쟁을, 게임이나 쇼 같은 것으로 깎아내리려는 녀석들이 있어."

"그건… 말도 안 되오. 무슨 목적으로?"

"이유까진 모르겠군. 다만 바보 같은 일이라는 건 틀림없지."

엘멜로이 2세는 눈을 감으며 자신이 아는 성배전쟁에 관해 언급했다.

"과거에 참가했던 마스터와 영령 중에도 성배전쟁 그 자체를 즐기는 향락적인 자들은 있었다. 하지만 **그들**은 적어도 진지했다. 목숨을 걸고 찰나의 시간을 내달리고 있었다. 이번 건은 성배전쟁을 객관적으로 지켜보는 입장에 있는 누군가가 의도적으로 성배전쟁 그 자체를 능욕하려 하는 듯한 낌새가 느껴져. 그건 **그들**에 대한 모욕이지. 만약 그렇다면 나는….”

거기서 엘멜로이 2세는 퍼뜩 놀라 자신이 주먹을 움켜쥐고 있다는 사실을 깨달았다.

그는 그런 자신의 모습에 혀를 찬 뒤, 가볍게 눈을 감고서 말했다.

“…실례. 조금 감정이 격해졌던 것 같군.”

“상관없소, 로드. 좋은 참고가 되었소.”

“앞으로 몇 조각만 더 맞춰지면 전모가 보일 거다. 내가 어떠한 행동을 한다면 그 후가 되겠지.”

그리고 그는 다시 한 번 자조적인 말을 덧붙였다.

“…움직인들 나 따위가 도움이 될 거라는 보장은 없지만 말이지.”

엘멜로이 2세가 그로부터 몇 개의 지론을 더 전개하자 란갈은 경외 섞인 칭찬의 말을 입에 담았다.

“과연 대단하시오, 로드. 일찌감치 제자를 현지에 파견하실 만도 하시구려.”

“제자?”

거기서 대화가 어긋났다.

"네, 어제 현지에 들어간 협회의 인간이 당신의 제자를 도시에서 봤다는 보고가 조금 전에…."

"…무슨 소리지? 난 제자 같은 걸 파견한 적이…."

엘멜로이 2세는 거기까지 생각한 뒤, 문득 알아챘다.

오늘, 강의에 얼굴을 내밀지 않은 학생이 한 명 있었다는 사실을.

휴강이었던 최근 며칠 동안 그 학생의 모습은 보이지 않았다.

그리고 휴강일 전에 나눴던 학생과의 대화가 떠올랐다.

"설마…."

엘멜로이는 휴대전화를 꺼내 어딘가에 전화를 걸기 시작했다.

[―지금 거신 전화는 전원이 꺼져 있거나 전파가 닿지 않는 곳에―.]

전화에서 들려온 목소리에 더더욱 불길한 예감을 느낀 엘멜로이 2세는 다른 곳에 전화를 걸었다.

"…아아, 나다. 급히 조사해 줬으면 하는 게 있다. 학생의 출입국 기록이다. 플랫 에스카르도스가 출국하지 않았는지 확인을 부탁한다."

아무래도 학생을 관리하고 있는 사무원에게 전화를 건 모양이었다.

그러자 30초 정도 후에 사무원 여성이 대답했다.

[플랫 에스카르도스 씨는 사흘 전에 미국행 비행기에 타셨네요. 출국 이유는… 관광과… '선생님 고마워요! 런던 스타 만세!'라고 적혀 있는데, 이게 뭐지?]

"…아니, 그만 됐어. 고맙군."

반사적으로 그리 말하고 전화를 끊은 직후―.

엘멜로이 2세의 뇌리에 플랫과의 추억이 주마등처럼 되살아났다.

멋대로 남의 방에 들어와 신품 게임기에 그의 계정을 '런던☆스타'로 등록했던 사소한 일부터 의붓 누이가 조종하는 마술예장 수은 메이드에게 이상한 영화 지식을 가르쳐 주고 있었던 일, 나아가 흡혈종의 왕 중 한 명이 소유한 카지노선船에 쳐들어가 소동을 일으킨 일에 이르기까지, 주로 그가 민폐를 끼쳤던 기억만이 끊임없이 반복되었다.

엘멜로이 2세는 뺨을 잔뜩 경직시킨 채 세상 모든 것을 저주하는 듯한 목소리를 쥐어 짜냈다.

"Fuck…."

"엑?"

란갈의 제자는 방금 엘멜로이 2세가 무슨 소리를 했는지 이해가 되지 않았다.

단어는 들렸지만 '조금 전까지 그토록 이지적인 대화를 하던 남자가 느닷없이 그런 속어를 입에 담을 리가 없다'고 생각하고 만 것이다.

"저기, 무슨 일이…."

젊은이가 물음을 던졌을 때는 이미 모든 것이 늦은 뒤였다
—.

머리에 피가 오른 엘멜로이는 그대로 휘청, 하고 몸이 기울어지더니 교단 앞에서 무너져 내렸다.

"로드?! 로드?!"

젊은 마술사가 놀라서 그의 몸을 흔들던 참에 교실 안에 있던 학생 중 한 명이 옆에서 말을 붙여 왔다. 아직 젊은 여성으로 나이는 스무 살 남짓해 보였다.

"에스카르도스 씨 얘기만 나오면 스승님은 늘 **이러세요**."

"네? 아, 네."

"스승님은 제가 의무실까지 옮길게요. …그럼 이만."

엘멜로이 2세의 제자로 보이는 여성은 란갈 일행에게 고개를 꾸벅 숙인 뒤, 스승인 로드를 어깨에 둘러메고 옮기기 시작했다.

어떻게 반응을 해야 좋을지 알 수가 없는 광경을 배웅한 뒤, 란갈의 제자가 입을 열었다.

"뭐랄까…. 여러모로 별나다고 해야 할지… 바빠 보이는 사람이네요."

"그래…, 그렇구나. 지금은 가만히 두도록 하자."

란갈은 인형의 입을 통해 땅이 꺼져라 한숨을 내쉰 뒤, 연민 어린 목소리로 답했다.

"시계탑의 로드가 과로사라도 했다간 농담거리도 안 될 테니 말이다."

×　　　×

미국. 스노필드. 경찰서.

[여어, 형씨! 좋은 아침이구먼!]

서장실에서 울린 전화를 받은 올란도는 시계를 보며 언짢은 투로 답했다.

"벌써 오후다. 작업이나 계속해."

[어이, 어이. 서번트 과로사 하는 꼴 보려고 그래? 일단 좀 들어 봐. 오늘은 여자 소개해 달라는 속물 같은 소릴 하려는 게 아니니까. 말 나온 김에 이 나라의 명물 요리나 하나 가르쳐 줘 보고. 무슨, 돈 걱정은 말라고. 좌우간 내가 낼 게 아니거든!]

"…설마하니 정말 그런 이유만으로 전화를 건 건 아니겠지?"

[그럼 안 되나?]

아마도 쑥스러움을 얼버무리거나 이쪽을 시험할 생각으로 말하는 것이리라.

그렇게 판단한 올란도는 순순히 사죄하기로 했다.

"어젯밤엔 도중에 전화를 끊어서 미안했다. 그 바람에 못 물어봤는데… 사막에서 있었던 일, 네놈은 어떻게 생각하지?"

아마도 여자를 내놓으라느니 어쩌니 한 것은 전화할 구실에 불과했고, 실은 사막에서 일어난 서번트 간의 전투에 관해 말할 생각이었으리라.

그렇게 생각한 서장은 이번에는 쓸데없는 이야기를 하지 못하도록 자신이 먼저 이야기를 꺼냈지만—

[뭔 소리야, 그게? 사막에서 무슨 일 있었어?]

정말로 고개를 갸웃하는 낌새가 전해져 왔다.

"…못 알아챈 거냐…?"

[어제 술 마시고 잠들었다 일어나 보니 TV에서 멋진 여자 얘기가 나오기에 전화를 건 것뿐인데?]

"아무래도 네놈에게 영령으로서의 견식 같은 걸 기대했던 내가 바보인 것 같군."

서장은 진심으로 질린 투로 말하고는 실망하며 전화를 끊으려 했다.

"앞으로는 절대로 내게 전화 걸지 마라. 이쪽에서 연락하지."

실제로 앞으로는 전화를 걸어와도 비서에게 맡기거나 무시하기로 결심한 상태였다.

다음 순간, 수화기를 통해 그 고유명사를 듣기 전까지는.

[**프란체스카**라는 아가씨한테도 그렇게 쌀쌀맞아, 형씨?]

"…큭!"

프란체스카.

그 이름이 캐스터의 입에서 튀어나온 순간, 올란도는 온몸을 긴장시켰다.

서장의 반응을 전화 너머로 알아챘는지 캐스터는 즐거운 투로 말을 이었다.

[이제야 제대로 귀를 기울여 주는구먼. 아님, 그 뭣이냐. 팔데우스라는 녀석 이야기를 하는 편이 나을까? 쿠루오카라는 일본인 친구 이야기 쪽이 더 재미있겠어?]

"네놈…, 어떻게…. 어디까지 알고 있는 거냐…."

마스터와 서번트는 기억과 인식, 혹은 오감을 서로 공유할 수 있다. 하지만 서장은 그러한 공유를 완전히 차단한 상태이기에 이쪽의 기억이 읽히는 일은 없을 터.

그런데 이 남자는 어떻게 이쪽의 기밀사항을 파악하고 있는 걸까.

작업 중인 척, 영체화해서 이쪽의 정보를 캐고 있었던 걸까?

ㅡ설마, 그 '꼰대'가 정말로 이 남자가 있는 곳에 간 건 아니겠지.

그런 의심까지 들었지만 훨씬 단순한 답변이 돌아왔다.

[인터넷이랑 전화만 있으면 얼마든지 어떻게든 할 수 있다고. 당신, 현대문명의 이기를 너무 무시하는 거 아냐? 아니면

나는 키보드도 못 칠 줄 알았어?]

"말도 안 되는 소리! 그런 정보가 인터넷에 굴러다닐 리가 없잖나!"

[그야 뭐, 거시기지. 방법은 있다 이 말씀이야. 형씨도 내 보구 같은 걸 전부 다 아는 건 아니잖아? 비밀이 있는 건 서로 마찬가지라 이거야. 난 중노동에 시달리다 잠깐 쉬는 김에 그걸 살짝 까발린 것뿐이고.]

"……."

서장이 입을 다물자 캐스터는 때는 지금이라는 듯 재잘댔다.

[아아, 참참. 일본이라는 말 때문에 생각난 건데, 후유키라는 데는 참 좋은 곳 같더군. 용맥의 흐름도 이 토지에 버금갈 만큼 질이 좋다던데. 뭐, 난 용맥 같은 거 못 느끼니 아무래도 좋지만. 토지라는 말이 나와서 말인데, 이곳 토지 수호 일족인 티네 체르크라는 아가씨한테 나중에 전화라도 좀 해 볼까? 경찰서장은 이 축제를 준비한 마술사 중 한 명이고 당신네 조직에 스파이를 몇 명이나 심어 뒀습니다…라고. 어이쿠, 너무 오랫동안 일방적으로 떠들어 대서 미안하구먼. 내 책이었다면 더 긴 대사를 팍팍 써 댔겠지만. 난 언어의 캐치볼이라는 건 중요하다고 생각하거든, 형씨.]

캐스터가 짓궂게 웃자 서장이 수화기를 콱 움켜쥐며 외쳤다.

"네놈…. 그 이상 말하지 마라! 자신이 무슨…."

말하려던 참에 캐스터가 말을 잘랐다.

[도청이라도 당하면 어쩔 거냐고?]

"……!"

[마술적으로도 전자적으로도 도청당할지도 모르니까. 당신네 전화 보안은 완벽해도 내 전화기나 중간에 있는 회선에 수작을 부려 뒀을 가능성은 부정 못 하니까. 핫핫! 그러니 내가 더 이상 나불나불 떠들어 대면 곤란하다 이거지?]

캐스터는 마치 농담이라도 하듯 말하고 있었지만 서장은 그 말의 이면에서 끝을 알 수 없는 압박감을 느끼고 있었다. 그리고 실망의 창부리를, 조금 전까지 방심하고 있었던 자신에게로 돌려 맹렬히 반성했다.

한 번 숨을 내쉰 뒤—머릿속으로 인식을 수정한 서장은 그에 걸맞은 대응을 취했다.

"과연. 진지하게 사죄하도록 하지. 나는 아무래도 **자네**를 얕잡아 보고 있었던 모양이다."

[갑자기 왜 그래. 기분 나쁘게.]

"자네의 능력은 잘 알겠다는 소리다. 그런데도 그 입을 계속 놀리겠다면, 내게도 생각이 있다."

[오오, 영주로 입막음이라도 하려고? 하지만 지금 귀중한 영주를 써 버리는 것보다 간단히 내 입을 막을 수 있는 방법이 있다는 거 알아? 네가 미녀라면 키스로 막아 달라고 했을 텐데.]

"쓸데없는 소리는 그만 됐다. 자네가 바라는 게 뭐지?"

캐스터는 완전히 냉정함과 위엄을 되찾은 서장에게 말했다.

[말했잖아, 형씨. 맛난 밥이나 쏴. 그럼 내 입은 막을 수 있을걸?]

[난 직접 전투에 참가하지 않으니까. 당신이 당해 버릴 때까지 부른 배나 두드리며 이 촌극을 유쾌하고 즐겁게 기록해 줄게.]

×　　　×

밤. 스노필드 중앙 교차점.

카지노 호텔 '크리스탈 힐'이며 시청사를 비롯한 도시의 중요 시설이 모여 있는 세븐 스트리트. 그 중앙에 있는 거대 교차점 한구석에 사람들의 이목을 끄는 여자가 서 있었다.

윤기 나는 백발에 하얀 피부. 그리고 불타오르는 듯한 붉은 눈동자를 지닌, 20세 전후의 아름다운 여자였다.

일반인이 봐도 충분히 이목을 끌 만했지만―성배전쟁의 이름에 홀려 도시로 모여든 마술사들은 다른 의미에서 그녀를 주시하고 있었다.

멀리서 바라보던 마술사 중 한 명이 동료에게 귓속말을 했다.

"저기 좀 봐. 저거… 호문쿨루스 아냐?"

"맞아, 저 높은 완성도. 아인츠베른에서 만든 것이 틀림없어."

"역시 왔나. 누군가가 성배전쟁 시스템을 베꼈는데 가만히 있을 아인츠베른이 아니지."

"하지만… 꽤나 당당하군그래. 미끼 아냐?"

경계심과 의문이 뒤섞인 속삭임이 도시 이곳저곳에서 흘러나왔다.

자신이 주목을 받고 있다는 사실을 아는지 모르는지.

하얀 여자는 조용히 하늘을 바라보며 자신을 둘러싼 세상 그 자체를 노려보았다.

마치 이 세상 모든 것을 부정하는 듯한, 끝없는 분노가 담긴 눈으로.

×   ×

모처.

그런 그녀를 한참 먼 곳에서 엿보는 자가 한 명 있었다.

수정구슬 속에 비친 하얀 여자의 비전을 본 관찰자는 신이 나서 미소를 지었다.

"아핫! 왔다, 왔어! 드디어 **마지막 게스트 님**이 도착하셨네."

고스로리풍의 옷을 두른 소녀—프란체스카는 어두운 공간 속에서 우산을 빙글빙글 돌리며 황홀한 표정으로 웃어 댔다.

"그녀는 어떤 장기짝을 데려왔을까나아. 무진장 기대되네. 자존심 버리고 토오사카의 후예라도 데려왔으면 재미있었겠지만 아무래도 그건 무리겠지~."

소녀는 가볍게 고개를 갸웃하며 말한 뒤, 어두운 방에서 빙글빙글 돌며 말을 이었다.

"어쨌거나 저쨌거나 시작이구나! 드디어 뒤집을 시간이 왔어~! 나도 힘내야지!"

그리고—다음 순간, 수정구슬에서 빛이 뿜어져 나와 주변에 자리한 벽이며 천장에 수많은 영상을 비추었다.

티네와 함께 걷는 영웅왕부터 늑대와 함께 숲에 있는 랜서의 영령. 그리고 동료일 터인 경찰서장의 사무실에 이르기까지— 수많은 영상이 차례로 생겨났다가는 사라져 갔다.

그녀는 영상 속에 비친 영령들의 모습을 슥 훑어본 뒤, 아무도 비치지 않은 영상으로 눈을 돌렸다.

어딘가에 있는 오페라하우스로 보이는 그곳은 아무런 공연도 없는지, 텅 빈 무대와 객석만이 비춰져 있었다.

그런 아무도 없는 공간에 어느 인물이 비친 순간—.

프란체스카는 다시금 각 영상에 비친 영령들을 노려보듯 둘러보며 달콤한 목소리로 중얼거렸다.

세상 그 자체에게 사랑의 말을 속삭이듯.

"자아…. 가짜를 구축驅逐할 시간이야."

×　　　×

그날, 그 순간을 경계로―스노필드의 운명은 돌기 시작했다.

성배.

진짜라도 일곱 영령의 영혼이 필요하건만 여섯 명밖에 조각이 갖춰지지 않은 이 상황에서는, 힘이 모자란 가짜 성배밖에 만들어지지 않는다.

이토록 대대적인 일을 꾸민 자들이 그런 사실을 모를 리가 없다.

아마도 이번의 거짓된 성배전쟁은 '사전준비'로, 시스템을 완벽하게 만들고 나서 진짜 성배전쟁을 집행할 꿍꿍이속이리라.

그것이 아니라면 다른 곳에서 '진짜'가 펼쳐지고 있고, 스노필드는 협회와 교회의 눈을 피하기 위한 속임수일 가능성도 있었다.

마술협회에 속한 인간들 중 대부분은 그렇게 생각하고 있었다.

물론 '실은 일곱 명의 서번트를 모두 소환했고, 여섯 명이라고 말한 것은 팔데우스의 속임수'일 가능성도 있었지만 그런 속임수를 쓸 필요가 어디에 있느냐는 의문이 뒤따랐다.
 대부분의 마술사들이 혼란에 빠진 가운데 — 흑막들은 조용히 일을 진행시켜 왔다.

 거짓된 성배전쟁을 산 제물 삼아, 진짜 성배전쟁을 불러일으킨다.

 준비는 완벽하다.
 남은 일은 모든 시스템을 역전시키기 위한 스위치를 누르는 것뿐이었다.

 스위치란 요컨대 — 거짓된 성배전쟁 최후의 서번트이자 참된 성배전쟁 최초의 한 명이 될 영령, '세이버'를 소환하는 일.
 바로 거짓과 진실을 겸비한 **전쟁의 가교** 역할을 할 영웅을 소환하는 일이다.

 분명 모든 일은 예정대로 돌아가, 스위치는 훌륭하게 전환되었다.
 세이버가 될 영웅을 소환한 **그 순간까지는**.

×   ×

1일 차. 밤. 스노필드. 오페라하우스.

도시 중심부에서 약간 떨어진 곳에 있는, 도시 창설 당시부터 존재해 온 오페라하우스.

50년을 가볍게 넘는 역사를 지닌 건조물 군데군데에서는 세월의 흔적이 느껴졌지만 그 나름의 장엄한 분위기를 유지하고 있었다.

현재는 공연과 쇼 예정도 없는 데다 애초에 '일부 수리 중'이라는 명목으로 일주일도 전부터 출입이 금지된 상태였다.

평소에는 침묵으로 뒤덮여 있던 심야의 홀이었지만 오늘 밤은 다소 분위기가 달랐다.

예스러운 목제 무대 위에서는 연극 같은 일이 진행되고 있었다.

관객도 없거니와 각본도 연출도 존재하지 않는, 하지만 연극이 분명하다고 생각할 수밖에 없는 장면이.

그것이 비극인지 희극인지는 무대 위에 있는 장본인들도 알지 못한 채.

"묻겠다, 그대가 나의 마스터인가?"

아직 젊지만 그것을 보충하고도 남을 정도로 중후하며 위엄이 담긴 목소리.

금발에 군데군데 빨간머리가 섞여 있으며, '옛 서양의 귀족, 혹은 왕족'이라는 것을 한눈에 알 수 있는 장엄한 복장으로 몸을 감싸고 있는 의문의 남자.

연령은 10대 후반에서 20대 전반 정도일 듯했다. 생김새는 아름다웠지만, 눈동자는 짐승처럼 황황히 빛나고 있어, 보는 자들을 그대로 집어삼킬 것만 같은 착각을 안겨 주었다.

손에 든 한 자루의 검에서는 마술적인 광채의 잔광이 남아 있었다.

잔광이라 함은, 다시 말해―.

방금 전, 그 영령이 자신이 든 검을 가볍게 휘두른 영향이었다.

온 힘을 다한 것과는 거리가 먼 일격.

하지만 결과는 또렷이 오페라하우스 안에 새겨졌다.

무대에서 보이는 객석이 요란하게 무너져 2층석과 3층석은 완전히 붕괴했으며, 천장 중 일부가 무너져 별 하늘이 언뜻 보이고 있었다.

간단히 말하자면―도시 내에서도 손꼽히는 규모를 자랑하던 오페라하우스는 그의 검격 한 방에 반파되었다.

그 남자는 **무대에 널브러진 한 시체와 다리가 풀려 엉덩방아를 찧은, 안경 쓴 여자**를 번갈아 본 뒤, 그녀를 안심시키려는 듯 입을 열었다.

"안심해라, 사람들이 휘말려 든 기척은 없다. 그 대신 적도 도망친 듯하지만… 흠, 내게서 완전히 도망치다니, 훌륭한 녀석이로군. 하지만 이제 와서 다시 돌아오지는 않을 거다."

안도시키려는 듯 말하는 남자의 목소리를 들은 안경 쓴 여자의 뇌리에 방금 전, 눈앞에 있는 남자의 입에서 흘러나온 단어가 되살아났다.

「×××승리의 검―엑스칼리버」.

그렇게 외친 남자의 일격으로 이 거대한 건조물이 반파된 것이다.

새삼 현재 상황을 확인한 여자는 생각했다.

난 왜 이런 곳에 와 버린 걸까.

"그러한 사실을 전제로 다시 한 번 묻겠다."

인생 전체를 후회하며 망연자실해져 있는 그녀에게 남자가 말했다.

조금 전과 같은 질문을, 다소 편한 말투로 바꿔서.

"네가, 내 마스터가 맞다고 봐도 될까? 나는 **보다시피 세이**

버의 클래스야. 납득했다면 조속히 계약을 마치고—."

"아냐."

즉답이었다.

"결단코 아냐."

"뭐라고?"

남자가 눈을 휘둥그렇게 뜨자 여자는 천천히 일어났다.

사이렌 소리가 멀리서 조금씩 다가왔다.

구급차와 순찰차 소리가 뒤섞인 것으로 보아, 아무래도 오페라하우스가 반파되었다는 사실을 알아챈 주민들로 인해 난리가 난 모양이다.

그녀의 소매 사이로 보이는 두 손목에 떠오른 문양은 마치 눈앞에 있는 남자와 공명하듯 으스스하게 빛나고 있었다.

하지만 그녀는 그러한 문양의 공명도 사이렌을 비롯한 떠들썩한 소리도 무시하고 남자를 날카롭게 노려보았다.

"나는 더 이상… **너희의** 뜻대로 움직이지 않을 거야."

그리고 공포로 떨리려 하는 목소리를 목구멍 안쪽으로 밀어넣고서, 딱 부러지게 단언했다.

"나한테… 간섭하지 말아 줘."

머리를 물들인 안경 소녀—아야카 사조와 신비한 검을 휘두

르는 기사풍의 남자.

　이것이 두 사람의 만남.

　반파된 건물 속에서.

　의문의 시체 바로 옆에 있다는 열악한 상황에서 두 사람은
서로의 존재를 인식했다.

　그 순간부터 거짓이자 참인, 기묘한 성배전쟁의 막이 올랐
다.

　과연 이 세이버는 거짓된 존재일까 진실된 존재일까.

　그것은 아직, 그 누구도 알 수 없다.

　모든 일을 꾸민 흑막들도.

　휘말려 든 마술사들도.

　영웅왕을 비롯한 강력하기 그지없는 서번트들도.

　어쩌면 그를 이 자리에 현현시킨 성배의 의지 또한 그것을
단정 짓지는 못하리라.

　도시의 내방자에 불과한 아야카가 어째서 '세이버'를 칭하는
영령과 만나게 되었을까.

　이것은 어제오늘 일이 아니라, 몇 년 전부터 운명 지어졌던
일인지도 모른다.

　그것에 대해 말하려면 일본의 후유키라는 도시에 얽힌 하나

의 괴담부터 이야기할 필요가 있으리라.

'세미나蟬菜 맨션의 빨간 두건'이라 불리는, 거의 후유키의 도시전설이 되어 버린 괴담을.

왜냐하면 그녀야말로 그 괴담의—————————————————.

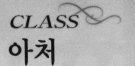

CLASS
아처

마스터	티네 체르크
진명	길가메시
성별	남
신장·체중	182cm 68kg
속성	혼돈·선(善)

근력	██████	B	마력	███████ A
내구	██████	B	행운	███████ A
민첩	██████	B	보구	███████ EX

보유 스킬

황금률 : A

인생에서 금전운이 얼마나 따를지에 관한 숙명.

신성 : B(A+)

신과 섞인 정도, 【신령적성】의 고저를 나타내는 스킬.
최고 클래스의 적성을 지녔었으나 신을 멀리한 탓에 랭크 다운됨.

클래스별 능력 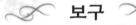 대마력(對魔力) : C 단독행동 : A

보구

천지를 괴리시키는 개벽의 별―에누마 엘리시

랭크 : EX   분류 : 대계보구   사정거리 : 1~99   최대 대상수 : 1000명
괴리검 에아를 통한 공간절단. 신이 천지를 개척할 때 사용했던 힘으로, 위력으로 말하자
면 모든 보구 중에서도 정점에 가장 가깝다고 할 수 있는 일격.
보물고에 있는 보구의 지원을 받음으로 인해 대미지 수치가 더욱 상승하게 되어 있다.

왕의 재보―게이트 오브 바빌론

랭크 : E~A++   분류 : 대인보구   사정거리 : -
황금향인 왕의 보물고와 그곳과 이어진 열쇠검. 수많은 보구의 원전, 혹은 인류 발명의
양식과 동서고금의 재보, 진귀한 보물이 수납되어 있어 자유롭게 그것을 꺼낼 수 있다.
당연히 다룰 수 있을지는 사용자의 기량에 의해 좌우된다.

CLASS

랜서

마스터	은랑 키메라
진명	엘키두
성별	없음
신장·체중	자유자재
속성	중립·중용

근력	▭▭▭▭▭	—	마력	▭▭▭▭▭ —
내구	▭▭▭▭▭	—	행운	▭▭▭▭▭ —
민첩	▭▭▭▭▭	—	보구	▬▬▬▬▬ *A++*

보유 스킬

변용 : A

능력치를 일정 총합치에서 상황에 따라 배분하는, 인형이기에 가능한 특수 스킬.
랭크가 높을수록 총합치가 높지만 A에서 A+로 상승시키려면 2랭크 분량의 수치가 필요함.

기척감지 : A+

최고 클래스의 기척감지능력. 대지를 통해 원거리의 기척을 감지할 수 있으며,
근거리에서는 같은 랭크까지의 '기척차단'을 무효화할 수 있음.

클래스별 능력　대마력(對魔力) : −(보유 스킬 '변용'에 의한 마력 수치에 따라 바뀜)

보구

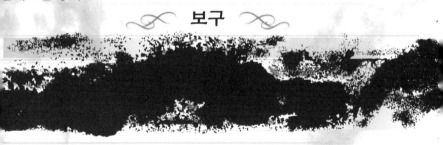

인간이여, 신과 그대들을 이어 주마 — 에누마 엘리시

랭크 : A++　　분류 : 대숙정보구　　사정거리 : 0~999　　최대 대상수 : 1000명
엘키두 자신의 몸을 하나의 신조병기로 만드는 능력.
아라야와 가이아와 같은 '억지력'의 힘을 흘려 넣는 빛의 쐐기가 되어 방대한 에너지를
세상이 인식할 수 있는 형태로 변환해 상대를 꿰뚫는 일격.
별, 혹은 인류에 대한 파괴행위에 반응해 위력이 격증된다.

◈작가 후기◈

그런고로 안녕하십니까, 나리타입니다.

이 작품은 제 오리지널 작품이 아니라 나스 키노코 씨가 TYPE-MOON 여러분과 함께 만든 'Fate'라는 작품의 세계관을 바탕으로 한 스핀오프 소설입니다.

스핀오프를 쓰게 된 자세한 경위는 생략하겠습니다만, 본래는 만우절에 'Fake라는 가공의 게임 프롤로그'로 집필한 것이었습니다. 따라서 그 시점에서는 랜서의 프롤로그가 끝난 시점에서 진짜 주인공인 '플레이어 캐릭터'가 도시에 찾아와 게임 본편으로 이어진다—는 식으로 끝났었습니다.

그랬던 것을 이번에 소설로 계속 쓰게 되어 몹시 긴장한 상태입니다.

나스 키노코 씨와 타케우치 타카시 씨가 이끄는 'TYPE-MOON' 여러분이 낳은 'Fate'라는 시리즈. 그 세계관이 지닌 방대한 에너지에 뜨겁게 달아오른 결과, 이『strange Fake』라는 작품이 태어났습니다.

그 원전이 낳은 '성배전쟁'이라는 시스템의 어디가 어떻게 재미있는지는, 제 서툰 말솜씨로 설명하기보다는, 우선 절찬 판매 중인 PS2 버전, PS Vita 버전이나 스마트폰 버전으로도 판매된 'Fate'의 본편을 접해 주시고, 그 후에 얼마 전 PS Vita

버전이 발매된 〈할로 아타락시아(hollow ataraxia)〉. 그리고 다른 작가분들이 자아낸『Zero』와『아포크리파(Apocrypha)』, 『Prototype』,『히무로의 천지』,『로드 엘멜로이 2세의 사건부』, 콘솔 게임인 〈엑스트라〉 시리즈, 스핀오프 만화인『프리즈마 이리야』에, 각 작품의 애니메이션 등… 죄송합니다, 이쯤 해 두겠습니다.

　좌우간 그러한 장대한 흐름의 하나로 Fate를 모르는 분들께서는 '원전 쪽 이야기를 알고 싶다'며 흥미를 가져 주시고, Fate 팬 여러분들께는 'Fate 설정을 써서 이딴 짓이나 하다니, 이 자식 바보 아냐~?!' 하고 B급 상어 영화를 보는 심정으로 팝콘을 한 손에 든 채 즐겨 주셨으면 감사하겠습니다! 어느 쪽에 속하시는 분이든 모든 분들이 즐기실 수 있도록 노력하겠습니다…!

　TYPE-MOON 팬 여러분께.

　'마지막에 나온 캐릭터'에 대해 말씀드리자면, 『Fate/Prototype』에 등장하는 그녀와는 애당초 우주가 다르므로 딴 사람'인 셈 치죠. '그럼『히무로의 천지』에 나온 걔야?' 하는 질문에는 '…상관이 없다고는 말 못 하려나…?'라고만 대답해 두도록 하겠습니다.

　그러한 언급을 빼먹어 '설마 히무로의 천지에 나오는 개가 비뚤어진 건가?!'라거나 '다른 우주에서 온 건가…?'라고 생각하게끔 해서 헷갈리게 하는 방법도 있었습니다만, 그 방법은 다른 스핀오프 작품에서 먼저 써먹었으니, 굳이 언급해서 반대로 '그럼 결국 뭔데, 이 녀석은' 하고 독자 여러분을 헷갈리게 하고 나중에 풀이를 하는 방향으로 가고자 합니다.

Fate 팬 여러분 중에는 '이거, Fate 본편보다 미래의 일인데, 어느 루트의 미래야?' 하고 궁금해 하실 분들도 많으실 줄 압니다. 그에 관해서는 뭐라 말씀드리기 힘들다고 해야 할지, '위전이기에 의문의 루트'라고 답해, 여러분의 상상에 맡기도록 하겠습니다.

여장에서 '관측자'인 두 사람이 페이지를 팔랑팔랑 넘기고 있었습니다만, 그게 한 페이지 넘어갈 때마다 '세계의 루트'가 변경되고 있다고 생각해 주시면 감사하겠습니다.

길가메시와 엘키두에 관해서는 키노코 씨가 CCC에서 실컷 써 주셨습니다만, 이 두 사람의 이야기는 이제 질렸어, 싶은 분들도 즐기실 수 있도록 조금 다른 '기점起點'에서 이야기를 적어 나가고 있습니다. (최대의 차이점은 이미 이 1권에 그려져 있기도 합니다).

나스 씨가 해설에서 말씀해 주신 바와 같이 '레일을 따라 왔는데 어느샌가 하늘을 날고 있었다'는 분위기입니다만—저 역시 'Fate' 본편의 정식 미래—레일의 진로인 '해체전쟁'은 나스 씨께서 직접 수십 년 이내에 써 주시리라 믿고 있으니, 이쪽은 하늘을 날며 구경이나 하도록 하겠습니다! …몇 초 후에 추락사할 가능성도 있습니다만.

나스 씨께서는 Fate 세계를 열심히 제대로 검수해 주셨습니다.

나스 씨 "옛날에 '엘멜로이의 제자는 모두 '왕관—그랜드'의 지위를 얻었다'고 했잖아… 그거 뻥이야."

나리타 "끄아아아아악—. 캐릭터 마테리얼은 어쩌고~!"

나스 씨 "덤비라고, 나리타. 과거의 설정 따위는 내버리고 덤벼!"

나리타 "설정 오류 따위 안 무서워! 이 자식, 아주 작살을 내주지!"

…요런 분위기는 둘째 치고 나스 씨께서 직접 【최신식】 마술 협회, 성당교회의 설정' 등을 가르쳐 주시고, 계속해서 진화하는 Fate 월드를 감수해 주셨습니다. 여장에 등장했던 모 대물 마술 원수 각하의 대사 등은 특히나 중점적으로 감수해 주셨습니다!

자아, 마지막에 등장한 '세이버'도 Prototype의 남성 세이버와는 다른 인물입니다만—대체 그는 어느 나라의 어느 영령인가에 관한—힌트는 이미 몇 개 적었으니 저게 누구인지 예상해보며 다음 회를 기다려 주셨으면 좋겠습니다.

이 책을 내며 『듀라라라!! SH』와 발매 시기가 겹쳐 큰 폐를 끼쳐 드렸던 Fake 담당자 아난 씨, 그리고 듀라라라 담당자 와

다 씨.

Fate 스핀오프 작품을 통해 여러모로 신세를 졌던 우로부치 겐 씨, 히가시데 유이치로 씨, 사쿠라이 히카루 씨, 마신 에이치 로 씨, 산다 마코토 씨를 비롯한 관계자 여러분.

일부 서번트 설정 고증을 해 주신 팀 배럴 롤 여러분.

거의 동시 발매라는 모양새로 『만화판 : Fate/strange Fake』 를 그려 주시고 본 작품에도 근사한 일러스트를 그려 주신 모리 이 시즈키 씨.

그리고 무엇보다도 Fate라는 작품을 창작하고, 근사한 해설 까지 써 주신 나스 키노코 씨 & TYPE-MOON 여러분과 — 이 책을 구입해 여기까지 읽어 주신 독자 여러분.

정말로 감사합니다!

그러면 갈 길은 멀지만 다른 TYPE-MOON 작품이 나오는 동안 입가심으로 느긋하게 함께해 주시면 감사하겠습니다!

2014년 11월 '코하 에이스에 나오는 영령은 공식설정이려나?' 하고 망설이며.

나리타 료고

나스 키노코

가짜가 진짜와 싸우는 이야기를 하겠다.

열화 카피가 되었건 아류가 되었건 그것 자체의 가치가 원전의 그것과는 다른 것이 되었을 때, 진위라는 저울은 소멸된다.

설령 그것이 위전이라 해도. 서술되는 내용에 창작자의 신념이 담겨 있다면 그것은 틀림없이 어느 인간의 진실이 될 테니.

◆

이 업계에서 이런 식의 논지로 딴죽을 걸면 위험한 냄새밖에 나지 않는다는 건 알지만, 그래도 일부러 서문으로 금기에 관해 말해 보았습니다.

전격문고 독자 여러분, 처음 뵙겠습니다. 〈Fate/stay night〉의 라이터, 나스 키노코입니다.

자아. 우선은 『Fate/strange Fake』, 발간 축하드립니다.

이 책의 95퍼센트는 나리타 료고 씨의 창작물입니다만, 5퍼센트 정도는 기본설정이 되는 이야기가 존재합니다. 그것이 〈Fate/stay night〉라는 노벨 게임입니다. 〈Fate/stay night〉는 세 개의 루트가 하나의 세계관에서 펼쳐지는 긴 게임입니다만, 그중 하나인 'Unlimited Blade Works'에서 논해지는 테마가 '가짜와 진짜'라는 것이었습니다.

그로부터 14년 후, 2015년.

나리타 료고 씨가 펜을 잡은 본 작품 『Fate/strange Fake』는 이 테마에 정면으로 도전하는 '위전'으로서 움직이기 시작했습니다.

아니, 정확히 말씀드리자면 탄생한 것은 2008년 4월 1일. 1년에 한 번씩 찾아오는 각 메이커의 오기 싸움… 아니, 1년에 한 번 찾아오는 난리법석인 만우절 때 나리타 료고 씨가 자신의 홈페이지에 슬그머니 '내가 생각한 성배전쟁'을 게재했던 일이 발단이 되었습니다.

'Fake'라는 제목이 붙은 그 단편은 내용의 농후함, 무대 선정의 재미, 전혀 앞을 예측할 수 없는 이야기 구성 탓에 '거짓말로 끝내기에는 아깝다'는 의견이 이어져, 이번에 TYPE-MOON 대표인 타케우치 타카시가 정식으로 나리타 료고 씨에게 집필을 의뢰하기에 이르렀습니다.

"Fake 일로 살짝 상담하고 싶은 게 있는데, 우리 사무소까지 와 주면 안 될까?"

라며 나리타 씨가 능청스럽게 자기 진영으로 유인을 하기에, '자아, 어떻게 설득할까' 하고 거리를 재던 저희였습니다만 나리타 료고 씨는 눈빛을 빛내며,

312

"멋대로 썼다고 혼날 각오하고 있었는데 계속 써도 된다 이거 죠?! 아싸~!

—그나저나 일단 다섯 권 분량의 플롯이 있는데, 이대로 써도 될까요?"

이런 카운터를 내질러 왔습니다. 분명, 어딘가의 Zero 작가도 이런 카운터를 날렸던 기억이 있습니다만, 그건 둘째 치고.

나리타 씨는 식겁한 타케우치 타케시는 아랑곳 않고 그 장대한―단편인 시점에서 충분히 장대하다고? 하지만 그런 건 초입에 불과했어, 하하하―전체 구성을 폭로. 그야말로 군상극에 푹 빠진 작가의 진가를 발휘했습니다.

너무도 진지한 탓에 '이거 간단한 기획으로 가기엔 미안해서 안 되겠군' 하고 긴장의 끈을 조여 맨 저희는 정식으로 전격문고 측에 협력을 구했고, 이 역시 흔쾌히 허가를 해 주셔서 기획은 갈팡질팡하면서도 진행되어 최종적으로는 '만화판 Fate'와의 동시 발간이라는 사건성을 일으키며 이 시리즈를 보내 드리게 되었습니다.

그것이 지금. Just now.

본 작품은 작가, 나리타 료고가 몇 년에 걸쳐 쌓아 뒀던 '성배 전쟁'의 참맛, 그 첫 부분인 서장입니다. 서장인데 이렇게 재미 있다니, 진심으로 무섭습니다.

여기까지는 아직 많은 독자분들이 아시는 이야기, 6년 전부터 소문이 돌았던 '어느 괴담'에 불과합니다.

그러나 이 앞으로는 완전히 미지의 이야기. 가짜 성배전쟁은 여기서부터가 본편입니다.

4월 1일에서 발단된 나리타 버전 성배전쟁이 어디로 굴러떨어질지.

저도 한 명의 독자로서 몹시 기대되고, 동시에 몹시 불안해 죽겠습니다.

왜냐하면 ― 이봐, 나리타 씨.

그 플롯, 정말 **다섯 권 정도**로 끝날 거라고 생각하는 거야?

◆

〈Fate/stay night〉의 기본 규칙은 간단합니다.

소원을 이뤄 주는 성배가 있고, 이것의 소유자가 되기 위해 집결한 일곱 명의 마술사 ― 마스터가 있고, 그들이 전투 대리인으로 불러낸 과거의 영령 ― 서번트가 있다.

한 번의 성배전쟁에서 불러낼 수 있는 서번트의 수는 일곱 명까지이며,

서번트는 성배의 선별을 통해 일곱 개의 클래스로 나뉘어, 마스터들에게 주어진다.

세이버. 랜서. 아처. 라이더. 캐스터. 어새신. 버서커.

서번트는 자신의 정체를 숨긴 채 다른 여섯 명과 싸워, 마지막 한 조가 될 때까지 살육을 벌인다.

진리—성배를 원한다면 그대, 최강임을 증명하라.

〈Fate/stay night〉의 초기 캐치 프레이즈처럼, 즐거운 배틀로열의 개막입니다. 원전으로부터 10년이 경과하여 이 기본 규칙만 지켜진다면 무엇이든 'Fate'라 할 수 있는 토양이 만들어져, 감사하게도 'Fate'는 많은 작가분들의 손에 의해 새로 태어났습니다.

하지만. 지금까지 『Fate/Zero』, 『Fate/Apocrypha』, 『Fate/Prototype』 등의 'Fate'가 태어났습니다만, 이 'Fake'는 그러한 외전들과는 콘셉트가 다릅니다.

그도 그럴 것이 타이틀부터 '거짓'입니다.

본래 존재할 리가 없는 미래를 빚은 것이 'Fake'입니다.

나리타 료고라는 작가가 TYPE-MOON 전기傳奇 설정으로 마음껏 날뛰게 하기 위한 패럴렐 월드입니다.

이를 테면 엘키두와 길의 관계. 이 세계의 신화에서 두 사람이 도달하는 결말은 〈stay night〉에서건 'Fake'에서건 같습니다만, 그 경과는 미묘하게 다릅니다.

작품별 차이점을 굳이 들자면,

Zero는 'stay night와 조건은 같지만 미묘하게 다른 세계'.

Apocrypha는 '중간까지는 같지만 지금은 완전히 다른 세계'.

엘멜로이의 사건부는 '완전히 같은 세계. 단, 산다 마코토 스파이스로 인해 대기 농도가 살짝 다른 농밀 마술물'.

그리고 『strange Fake』는 '같은 조건, 같은 결말을 맞이했음에도 어째서인지 완전히 다른 세계'.

어째서 그렇게 됐느냐 하면 'Fake'의 이야기 테마 자체가 '거짓'인지라 stay night와의 간극을 전면에 내세우는 게 좋겠다는 이유가 절반.

나머지 절반은⋯ 그, 뭐랄까.

나리타 료고는, 우리가 아는 나리타 료고였으니까, 라고 말할 수밖에 없을 것 같습니다.

—그도 그럴 것이 그 남자, "Fate 세계관뿐 아니라 월희나 뭐 그런 쪽 설정도 끼워 넣고 싶어. 나스 키노코의 마당에서 뛰어놀고 싶어. 아니, 선승禪僧이 돼서 키노코사ᄒ의 마당에서 우주 같은 걸 표현하고 싶어. 아니, 차라리 너랑 동화하고 싶어. 아니, 이미 했어. 어쨌건 이 세계에 존재하는 모든 것을 쓰고 싶으니까 일단 협회라든지 교회 쪽 설정부터 보여 줘. 회사 기밀이라면 멋대로 망상할 테니까 만약 잘못됐으면 NG 사인 보내 줘."라는 소릴 해 왔다고요!!

그리고 분하게도 그러한 '지금 있는 세계 설정'을 무진장 잘 써먹습니다. 그러한 감정은 다른 소설화 작품을 통해 뼈저리게 느낀 적이 있습니다만, 설마 제가 당하게 될 줄은⋯ 그렇군, 이게 나리타인가….

　그리하여 'Fake'는 〈Stay night〉가 깔아 놓은 레일을 그대로 달리는 것이 아니라, 그 레일을 활용해 하늘로 날아오른 탓에 패럴렐 '위전偽典'이 되었습니다.

　TYPE‐MOON이 익숙하신 유저분들께서는 분명한 정합성보다 아기자기한 유사성을 즐겨 주셨으면 합니다.

　이를 테면 길과 엘키두, 잔느와 ██████████. 이 부분을 다른 선행 작품과 완전히 맞추면 Fake와 나리타 료고의 강점이 줄어듭니다. 그것은 서글픈 일이고, 애초에 '위전'으로 내는 의미가 없어집니다.

　이것은 하나의 이야기에서 태어난, 같은 구성 재질, 같은 제작 이념으로 만들어진 다른 이야기.

　그 점을 염두에 두고 모든 분들이 미지의 '성배전쟁'을 신선한 기분으로 바라봐 주셨으면 합니다. 이 이야기는 결코 당신의 기대를 배신하지 않을 겁니다. 그것은 이 1권을 통해 이미 증명되었을 겁니다.

　차례로 소환되는 규격 외의 특례들.

　작품 세계를 알면 알수록 감탄스럽고, 개개의 조각을 줍고 사용하는 기법이 경악스럽다.

　정석을 철저히 지켜 F의 세계로 날아든 아웃코스로부터의 마구.

이는 재능 있는 한 작가가 원작을 향해 내던진, 최고의 발상 역전이다.

"이렇게 재미있는 짓을 하다니, 이렇게 된 이상 두 배로 갚아 주겠어!"

그러한 정형 문구를 작품으로 승화시켜 사랑을 담아, 정면에서 날려 주는 작가를 또 만나게 된 행운에 감사를.

『strange Fake』.

과연 그 마검은 나스 키노코의 뼈와 살을 가르고 폐부를 벨 수 있을 것인가.

그럼―음모와 파란으로 가득한 가공도시, 스노필드에 오신 것을 환영합니다.

Fate strange Fake

Fate/strange Fake 1

2016년 6월 7일 초판 발행
2023년 5월 10일 3쇄 발행

저자	나리타 료고
일러스트	모리이 시즈키
원작	TYPE-MOON
옮긴이	정대식

발행인	정동훈
편집인	여영아
편집 팀장	황정아
편집	노혜림

발행처	(주)학산문화사
등록	1995년 7월 1일
등록번호	제3-632호
주소	서울특별시 동작구 상도로 282 학산빌딩
편집부	02-828-8838
영업부	02-828-8986

ISBN 979-11-256-5602-9 04830
ISBN 979-11-256-5603-6 (세트)

값 9,000원